JN067149
SCENE #03
なんでこうなったの……!?
お泊り会でお風呂パニック!

夕陽とやすみのコーコーセーラジオ！
YUHI to YASUMI no KOUKOUSEI RADIO!
お仕事って言うより、休み時間みたいだよね！
教室でおしゃべりしてるときと、
あんまり変わらないよねぇ～

# On Air List

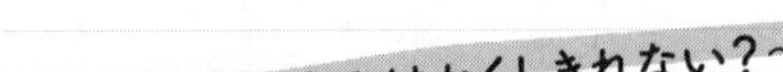
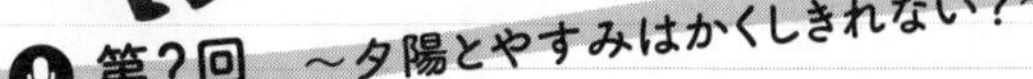

第?回　～夕陽とやすみはかくしきれない？～

第3回　～夕陽とやすみと重大発表と～

第5回　～夕陽とやすみと公開録音と～

第7回　～夕陽とやすみとコロッケと～

第10回　～夕陽とやすみと本名と～

第12回　～夕陽とやすみとユニットと～

第16回　～夕陽とやすみとお泊りと～

第20回　～夕陽とやすみと記念と～

第24回　～夕陽とやすみは隠しきれない～

声優ラジオのウラオモテ

「夕陽と!」

「やすみの!」

「「ココーコーセーラジオ!」」

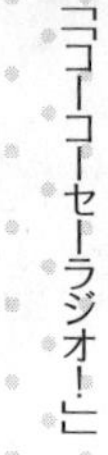
「おはようございます～、夕暮夕陽です」

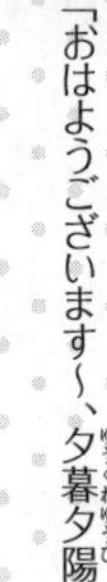
「おはようございます、歌種やすみです!」

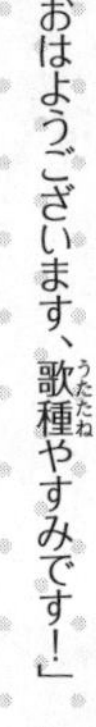
「この番組は、偶然にも同じ高校、同じクラスのわたしたちふたりが、皆さまに教室の空気をお届けするラジオ番組です!」

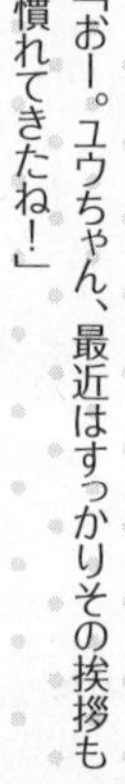
「おー。ユウちゃん、最近はすっかりその挨拶も慣れてきたね!」

「そんなことないよぅ。毎回噛み噛みだよ～。やっちゃんは? このラジオ、もう慣れた～?」

「いやぁぜんぜん! 不思議な感覚が抜けなくて困っちゃう! 慣れないよー!」

「そうだよねぇ。クラスメイトとラジオをやってるって、変な感じだよねぇ～」

「お仕事スイッチが入らないよね!」

「……あ、初めて聴く人に説明しなくても大丈夫かなぁ? わかるかなぁ?」

「ん、そだね! 『本当かな?』って思われるかもしれないから、一応説明しとこっか?」

「結構メールでも訊かれるもんね～(笑)」

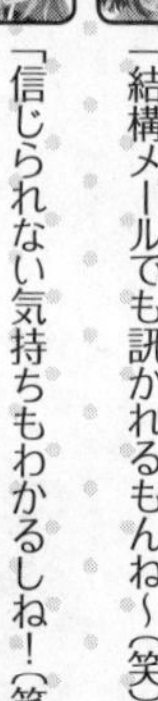
「信じられない気持ちもわかるしね!(笑)」

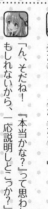

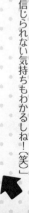

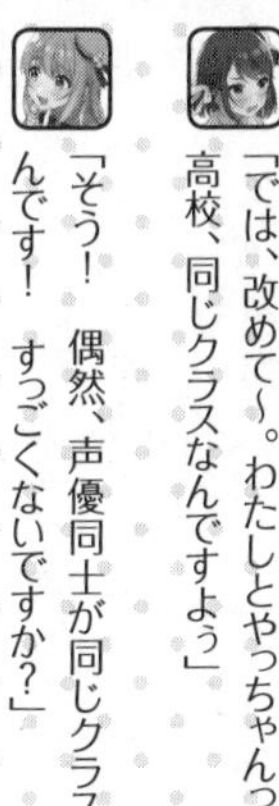

「では、改めて～。わたしとやっちゃんって同じ高校、同じクラスなんですよぅ」

「そう！　偶然、声優同士が同じクラスだったんです！　すっごくないですか？」

「すごいよねぇ。もうやっちゃんったら、運命の相手って感じ（笑）」

「運命だよね！（笑）」

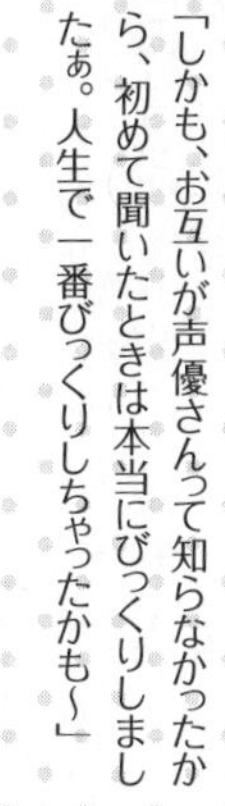

「しかも、お互いが声優さんって知らなかったから、初めて聞いたときは本当にびっくりしましたぁ。人生で一番びっくりしちゃったかも～」

「したした！　え、ユウちゃんも声優さん⁉　って。世間って本当に狭いぃ～！」

「だから今も、こうしてふたりで収録してるのって、すっごく不思議な感じなんですよぅ」

「お仕事って言うより、休み時間みたいだよね！」

「教室でおしゃべりしてるときと、あんまり変わらないよねぇ～」

「だから、教室の空気はお届けできると思います！　だいたいこんな感じ！」

「こんな感じです～。あ、まずいよ、やっちゃん！　またしゃべりすぎちゃってるよぅ」

「おっとと！　やすみたちの悪い癖だね！　楽しすぎて、うっかり話し過ぎちゃう！」

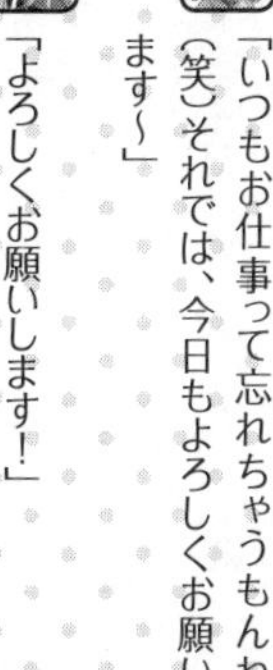

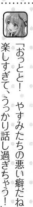

「いつもお仕事って忘れちゃうもんねぇ（笑）それでは、今日もよろしくお願いします～」

「よろしくお願いします！」

**to be continued……**

「……あー、あんたとラジオやるの、ぜんぜん慣れないわ」

「……そうね。わたしもそう思うわ。ぜんぜん慣れない」

「だいたいさぁ、根暗な渡辺と夕暮夕陽でキャラが違いすぎるんだって。『そんなことないよぅ』なんてよく言えるね。ふわふわーっとしたしゃべりを聞くたびに、ぞわっとするんだけど」

「それはお互い様でしょうに。どうして佐藤みたいな頭の悪そうなギャルから、歌種やすみの元気でかわいい声が出るのよ。ちょっとしたホラーなんだけど」

「は？　それを言ったら……、ん？　はぁー、へぇー？　ふーん？」

「……なによ、気持ちの悪い声を出して」

「あたしみたいなギャルから、歌種やすみの元気でかわいい声が出るのがホラーだって？」

「そう言ってるんだけど？」

「あたしの声は、元気でかわいい？」

「──。言ってないわ。そんなこと。断じて。あぁ、かわい子ぶってるって言ったんだけど、聞こえなかったかしら。都合よく解釈したいなら、お好きにどうぞ」

「こいつ……。最初の挨拶で噛んでリテイク入れたくせに、随分はしゃぐじゃない」

「っ。あなたそれ本当にいい加減にしなさいよ。人がミスしたあとに『その挨拶も慣れてきたね』って、よくもそんな性悪な嫌味を入れられるわね。普段はあなたの方がミスだらけなのに」

「今あたしの話関係ないから。渡辺の話だから。あと普段もそんなにミスしてないんで。人に押し付ける前にちゃんと反省したら？」

「出たわ。あなたのそういうところ、本当に嫌い。自分のことは棚に上げるくせに人のミスばかりグチグチと。あぁもう、なんであなたみたいな野蛮人とラジオをやってるのかしら」

「それはこっちのセリフだっつーの。根暗丸出しの女といっしょにラジオだなんて、あたしだけ難易度高すぎなんだけど。だいたいさぁ……！」

「……ふたりとも、盛り上がってるところ悪いけど。もう再開するって。えー、三、二、一」

「はぁい！　というわけで～、今回は新コーナーがあります～。やっちゃん、説明をどうぞ！」

「はーい！　任せて！　ええとですね、今回やすみたちが挑むのは！　なんと……！」

人間、どうしたって合わない相手はいるものだ。

そりが合わない。気に喰わない。相容れない。見ているだけで腹が立つ。

プライベートなら近付かなければいいけれど、仕事となるとそうはいかない。

ましてやそれが、ラジオのパーソナリティ同士なら。

合わない相手であっても、それをリスナーに気付かれてはいけない。

そんな相性の悪い相手と、ラジオ番組をやっていくとして。

果たして、どこまで耐えられるものでしょうか——。

声優ラジオのウラオモテ

佐藤由美子はギャルである。

「んー……、よし」

メイクを確認したあと、ぱちんとコンパクトミラーを閉じた。

今日もばっちり、と頷く。

アイロンをかけた髪はゆるく巻かれ、長さは背中に届く程度。顔には化粧をしっかり乗せて、つけまつ毛は長さ重視のストレートタイプ。耳たぶには銀色の飾りが光っていた。

ブラウスのボタンをふたつ開けて、ハートのネックレスを覗かせる。

キャラメル色のカーディガンを着込み、スカートの長さは限界まで短く。

これが由美子の、学校で過ごすときの格好だ。楽しい学校生活を送る高校二年生。

教室ではいつもだれかと話し、明るく笑っている。

「ねー、由美子。今週の土日、どこか行かない？」

「うん？　若菜、バイトないの？」

「そなのー。暇なのー。ね、どう？　服とか見てさー、遊ぼうよぉ」

今だってそう。クラスメイトの川岸若菜に、前の席から話しかけられている。若菜はにへへ、と気の抜けた笑みを浮かべ、つられて由美子も頬を緩める。

遊びの誘いは大歓迎だ。しかし。

「……あー、ごめん。店の手伝い入るかも」

「あ、そうだったね。お母さんとこのスナック、今も人足りないの？」

「そうそう。当日、急に手伝って、って言われることもあるからさ」

「大変だねえ。んー、じゃあ、土曜日に空いてたら行こっか」

若菜はにっこり笑い、穏やかに言う。良心がじくりと痛んだ。

さっきの言葉は半分本当で半分嘘だ。

急に行けなくなるかもしれない。それは本当だが、店の手伝いではない。

親友である若菜にも秘密の仕事を、由美子はしている。

それは、前日だろうが当日だろうが、するりとスケジュールが埋まる仕事だった。

「えー、なになに。どっか行くの？」

「土日？　遊びに行くなら連れてってよー」

周りにクラスメイトが集まってくる。

彼女たちの声に紛れ込ませるように、そっと息を吐いた。

「ん？　由美子、もう帰るの？」

「あぁうん、ちょっと用事があるから。また明日ね」

若菜に別れを告げて、由美子は学校をあとにする。

鼻歌交じりで駅に向かい、そのまま電車に飛び乗った。

今日は仕事があるのだ。

だからこうして張り切っていたのだが……。

「……早く着きすぎちゃったな、こりゃ」

時計を見て、思う。新人は余裕を持って現場に到着しなさい、なんて口酸っぱく言われるが、さすがに早すぎだ。予定の時間まで二時間以上ある。仕方なく、ファミレスで時間をつぶす。

テーブル席に座ってドリンクバーを注文し、ミルクティーで一息。

「……よし」

メイク直しを終わらせてから、スマホを取り出す。

差しっぱなしだったイヤホンを耳に着け、手早く操作した。少し前に、新しい動画が投稿されたのを見つける。既に再生数とコメント数がすごいことになっていた。

「おー……、さすが」

感嘆の声を上げて、再生ボタンをタップする。

『桜並木乙女のまるでお花見するように』

人気女性声優のラジオ動画番組だ。

桜並木乙女。二十一歳。声優事務所トリニティ所属。華のある容姿と魅力的な声帯、それに確かな演技力を持つ女性声優だ。

番組ではコメントが絶え間なく流れ、盛り上がっているのが見て取れた。

普段は乙女がひとりでトークを展開している。しかし、この回は違う。

彼女は手をいっぱいに広げ、明るくこう言った。

『それでは、今日のゲストをご紹介します！　歌種やすみちゃんです、どうぞ！』

『あ、どうも、こんばんは！　う、歌種やすみです！』

乙女の隣にやってきたのは、いかにも新人の女性声優だ。

大きくて澄んだ瞳は落ち着きなく動き、やわらかそうなほっぺたは強張っている。背中に届くさらりとした髪は、さっきから忙しなく撫でられていた。

「……んふ」

ついにやけてしまい、慌てて口元を手で隠す。歌種やすみが登場すると、『かわいい』『かわいい子きた』『めっちゃ緊張してるのかわいい』といったコメントが流れ始めたのだ。

しかし、次に流れてきた多くの『だれ？』というコメントに肩を落とす。

「む……、いや、まぁ。そうだよね……」

仕方ない、と無理矢理に納得するものの、ため息が漏れてしまう。

遅れて、『プラガのマリーゴールド』『マリーゴールドちゃん』『プラガの子かぁ』とやすみを特定するコメントも流れた。

そうそう。プラスチックガールズのマリーゴールド役、歌種やすみだぞ、と心の中で呟く。

……それ以外のキャラ名が出ないのは、悲しくはあるけれど。

「うう―……。知名度が欲しい……」

机に突っ伏し、小声で呻く。ハートのネックレスが、テーブルに当たってかつんと音を立てた。のろのろと外して小物入れに仕舞う。

代わりに鞄からカバー付きの本を取り出した。

『にゃんこ部！』

深夜に流れるショートアニメの台本だ。ぺらりと開くと、出演者の欄には『にゃむにゃむ役：歌種やすみ』と書かれていた。

歌種やすみのセリフには、すべてマーカーが引かれている。

そう、佐藤由美子は声優である。

芸名、歌種やすみ。芸能事務所チョコブラウニー所属。デビュー作は『プラスチックガールズ』のマリーゴールド。芸歴は三年目に入った――まだ、新人声優だ。

今日は、『にゃんこ部！』のアフレコの仕事がある。

久しぶりのアニメだから、と気合を入れたが、少なめのセリフはすぐ頭に入ってしまった。

電車の中でも台本を読んだし、家でも散々練習した。今更復習するところもない。

かといって、別作品の仕事があるわけでもない。

「オーディション、受かればなぁ……」

色んなオーディションに行っては落ちてを繰り返している。『にゃんこ部！』はようやくもぎとった仕事だけれど、出番はこれきりで次はなかった。

「……結局、がんばるしかないんだろうけどさ」

呻いたところで仕事は増えない。唇を尖らせ、スマホに視線を戻す。

動画では差し入れのお菓子が投入されるところだった。

『わぁー！　おいしいですねぇ、このクッキー！　幸せ〜……』

画面の中のやすみがお菓子を食べて、顔をほころばせていた。

ぱたぱたと手を動かし、明るく笑い、感情を力いっぱい表現するやすみに対し『かわいい』のコメントが次々に流れていく。

……やった、嬉しい。

そう思う反面、騙していて申し訳ない、という気持ちにもなる。

歌種やすみは、佐藤由美子のアイドル声優としての顔だ。普段なら、「幸せ〜……」なんて絶対に言わない。可愛らしい仕草だってしない。仕事のためにかわいい女の子を演じている。

歌種やすみと佐藤由美子は真逆の人物だ。

騙している自覚はある。罪悪感もある。けれど、仕方がなかった。ギャルの新人声優では人気は出ない。今の自分に求められているのは、きっと初々しさや清純さだからだ。

しかし、自分を偽ってキャラを作っても、歌種やすみの知名度はそれほどない。

このラジオに呼んでもらえたのも、乙女と仲が良い後輩声優だからだ。

番組が終わりに近付くと、『俺この子応援するわ』『やすみちゃんのファンになります』『ツイッターフォローしよ』なんてコメントが流れるのが見えた。乙女には頭が上がらない。

「姉さーん。ありがとー」

画面内の彼女に両手を合わせる。そうしてから、よし、と立ち上がった。

収録がんばるぞ。

スタジオから出て空を見上げると、すっかり夜になっていた。

春の夜風は少し肌寒く、無意識に腕を擦る。

「よっと」

小物入れを取り出し、外していたネックレスを付け直した。

収録中は、音が鳴るものは身に付けない。マイクにノイズが乗れば録り直しになるからだ。

音を立てずに台本のページを捲るのも、今では慣れたものだった。

遅い時間になったが、収録にはそれほど時間は掛かっていない。

音響監督からの説明。

一回通してのテスト収録。

微調整をしてからの、本番の収録。

ミスした箇所や、演出意図の異なる部分の細かいリテイク。

それだけやっても、雑談の時間の方が長かったくらいだ。もっと演りたかったな。

「けどまぁ……、こんなものなのかな……、ん？」

駅の方からやってくる、ひとりの女の子に目が留まった。

由美子と同じ高校の制服だ。

オフィス街の中で、制服姿は自分と彼女だけ。

すれ違いざま、そちらに視線が吸い寄せられる。

けれど、彼女の目は由美子を捉えることなく、そのまま歩いて行った。由美子が来た道をなぞるように進んでいく。

由美子はつい足を止めて、振り返った。

「あの子、こんなところで何やってんだろ」

学生服でひとり、夜のオフィス街を歩く理由がわからない。いやまぁ。それは自分にも当てはまるのだけど。

……まぁいっか。由美子は再び、駅に向かって歩き始める。

——そう。この時点では、全く気が付いていなかった。

彼女がある意味で、運命の相手であることを。

朝の通学路。由美子はカーディガンのポケットに手を突っ込み、のんびり歩いていた。

信号が赤になったのを確認してから、スマホを取り出す。

「メールは……、来てないよねぇ……」

仕事の連絡はなく、自然とため息が漏れた。

オーディションに合格すれば事務所から連絡が来るため、何度もスマホの確認をしてしまう。

けれどここ最近、さっぱり受からない。

「やー……、この前のは自信があったんだけどなぁ」

虚しく呟き、青信号になったので歩き出す。その瞬間である。

「ひゃうっ⁉」

後ろから突然抱き着かれ、変な声が飛び出した。

「おっはよぉーん」という緩い声が聞こえ、身体から力が抜けていく。

「……おはよ。若菜、あんた朝から元気ね」

挨拶を返すと、若菜はにへへと笑った。

川岸若菜。彼女とは高校からの友人だが、妙に馬が合う。

彼女のスカートは由美子と同じくらい短く、メイクもしっかり乗っている。手入れが行き届いた長い髪は、今日も綺麗だ。

手にはスタバのカップ。それをこくり、と飲んでから、こちらを覗き込んでくる。

「どしたん、由美子。今日、なんか元気ないね」

どきりとする。顔には出ていないと思ったが、若菜にはお見通しだったらしい。

聞いてもらいたい。相談に乗ってもらいたい。きっと話せば楽になる。

「うん、まぁちょっとね」

そうは思いつつもごまかした。

若菜はふうん？　と言うだけで深くは聞いてこない。

かわりに表情をパッと明るくさせ、腕を組んできた。口元にずい、とカップが差し出される。

「まぁまぁ。じゃあこれを飲みなさいな」

蓋を開けると、キャラメルソースのかかったクリームが見えた。下はホットのカフェラテ。

遠慮なく口に含む。ふわっとした甘みが口の中で溶けて、幸せな気持ちになった。

「ん。おいしい。ありがと、若菜」

「いやいや。こういうときは甘いものが一番ですからな」

若菜はおどけて笑う。そんな彼女に笑みを返しつつ、内心で謝った。

自分が声優であることは、家族と学校以外には話していない。マネージャーから「絶対に口外しないこと」と言われている。芸能活動の許可を得るために学校には話す必要があったが、念を押して口止めした。周りにバレるわけにはいかない。

ただ。

「ん？　どしたん」

由美子の視線に気付くと、若菜が首を傾げた。

こちらの事情をすべて話したとしても、きっと彼女なら秘密を守ってくれる。

けれど、それで楽になるのは自分だけだ。

彼女には余計な負担を強いてしまう。それは望むことではなかった。

由美子は手をひらひらさせると、ゆっくりと答える。

「いや。若菜は今日もかわいいなって思っただけ」

「え、ほんと？　いやぁ、わたしも同じこと思ってた」

からから笑う若菜を見て、由美子もつられて笑みをこぼした。

教室に入り、自分の席に着く。前の席の若菜は、椅子をくるりと回転させた。

由美子の机に肘を乗せ、真剣な声色で言う。

「次の服装チェック……わたしは今の格好のまま行こうと思うんだけど、由美子はどう思う？」

「絶対止められるし、結構ガチめに怒られると思う。中やん先生チェック厳しいし」

「……スカートも折っちゃダメ？」

「膝下でしょ。顔はドすっぴんね」

「やだぁ、眉毛！　眉毛だけは許して！」

賑やかに話を続け、ほかの生徒が通り掛かれば挨拶を交わす。二年に進級したばかりではあるが、クラスにはすっかり馴染んでいた。

そこに、ひとりの男子生徒が通りかかる。

彼は挨拶を口にせず、若菜の隣の席に腰を下ろした。

「うん？　ねぇ、木村。その子だれ？　かわいいね」

視線を隣に向けた若菜が、さらりとそんなことを言う。

若菜は彼の下敷きを指差していた。

突然話しかけられた男子——木村は、びくっとして目を白黒させる。

「え、あ、う……、か、かわいいって……、あ、こ、この下敷きの子……？」

木村は若菜と目も合わせず、あたふたとしている。

「そうそう。だれなのかなーって」

「え、ええと……、な、なんて言えばいいかな……」

「んー。あ、アイドル？」

若菜が無邪気に言うと、さっきまでしどろもどろだった木村がぴたりと動きを止めた。

「アイドル？」

ふぅー、と鼻から息を吐く。

やれやれ、と言わんばかりに演技がかった手振りをし、熱っぽく答えた。

「アイドル……、そうだね、そういう側面も大いに含んでいる。けれど、彼女はそれに留まらないんだ。アイドルでありながら声優！　そうアイドル声優と呼ばれている存在だ！　彼女の何が素晴らしいかと言うと今や世界に誇る日本のアニメ文化を支える文化人として活躍していておっと話が逸れちゃうなまぁでもここは間違えてほしくはないんだけど彼女たちは……」

へたくそか？

異様な早口で捲し立てる木村を見て、心の中でおいおい、と突っ込む。女子から「この子かわいいけどだれ？」と訊かれて、その答え方はまるきりダメなお手本だ。そういうとこやぞ。

「え、あ、ん、んん？」

案の定、若菜は戸惑いの表情を浮かべた。一方、由美子はさして驚かない。

木村がオタクなのは前から気付いていたからだ。

ちらりと木村の鞄に目を向けると、アニメキャラのラバーストラップが見える。

あれは『プラスチックガールズ』の『アジアンタム』だ。

プラスチックガールズ。通称プラガ。

二年前に放送された深夜アニメで、たくさんの新人女性声優が投入されている。この作品への出演から、由美子のアイドル声優としての人生が始まった。

イベントや特番が多く、ライブだってやったことがある。とても思い出深い作品だ。

……それだけに、木村のラバストが自分の演じたマリーゴールドではなく、アジアンタムなのは悔しいけれど。

「いやいや言いたいことはわかるよ作品に声を吹き込む声優という職業に対してアイドル扱いをするのはどうかってことなんだけどでもまぁ待ってほしいんだそもそもコンテンツに縛られること自体がこの時代にはナンセンスだしあらゆる視点からもっと彼女たちをだね……」

「めっちゃ語るじゃん」

なおも語り続ける木村に対し、若菜はけらけら笑っている。若菜が楽しそうで何より。

木村はアニメグッズをよく持ち込んでいるが、中には女性声優のグッズもあった。今回は下敷きで、それがたまたま若菜の目に留まったのだろう。

その結果、こんなことになっているけど。このままでは埒が明かないので、一言投げ込む。

「あー。とりあえず、その子は声優なんでしょ？」

まさか由美子に突っ込まれるとは思っていなかったようで、木村に急ブレーキが掛かった。

「ま、まぁそうだね……、うん、はい」

「へぇー、声優！　わたしジブリなら結構観るよ。あとは金曜ロードショーでやってるやつとか。その声優さんは何に出てるの？」

フランクに問いかける若菜に、木村は再び固まった。うん。これは答えづらい。

「え、えぇとあの……、い、『異世界から戻った妹が最強の勇者になっていた』とか……」

なんでそんなあからさまなタイトルを言うかな！

「え？　いも……、なんて？　なんだか長いタイトルだねぇ。ごめん、もっかい言って？」

若菜は困ったように笑い、木村の顔には汗が流れるのが見えた。いたたまれない。

若菜に悪気はないし、木村にだって悪意はない。ただ単に、質問の内容が悪いだけだ。

……いや、木村の回答も悪いかも。ほかにもっとあっただろ。

「……えーと、若菜。多分、深夜アニメとかに出てる声優だから、若菜は知らないんじゃない？」

思わず助け舟を出す。

相手がアイドル声優なら、若菜の言うアニメとは方向性が違う。

木村は何も言わない。代わりに、『へぇ。意外とわかってんじゃんこいつ』みたいな目を向けてきたので無視した。そういう目が一番嫌われることを自覚してほしい。

若菜は意外そうに目を見張る。

「え、由美子ってアニメ好きだっけ？　声優さんとか詳しいの？」

「ん……、いや、まぁ、うん。ほら、スナックのお客さんで好きな人がいてさ……」

「あぁ、お客さん繋がりかぁ。じゃあ由美子ならわかるかな？　ねぇ木村。その声優さんってなんて名前なの？」

再び若菜が問いかけると、彼はふふん、と自慢げに鼻を鳴らす。

下敷きをこちらに見せながら、まるで自らの功績を語るように口を開いた。

「この人は夕暮夕陽。通称、『夕姫』。まだ二年目だけど、今人気上昇中の声優だよ。僕はメジャーどころより、こういうちょっとマイナーな人の方が好きなんだよね」

——なんと。由美子は慌てて、その下敷きを凝視する。

確かに下敷きには、見たことのある少女が写っていた。

彼女の顔立ちはとても可愛らしく、明るい印象を与える。

目はぱっちり開き、唇には気持ちのいい笑み。アイドルっぽい衣装に身を包んでいて、綺麗な脚が目を惹いた。代わりに胸の膨らみは薄いが、この美脚の前には些細なことだろう。

彼女の名前は、夕暮夕陽。もちろん知っている。

由美子と同じ高校二年生のアイドル声優だ。

「むぅ……」

下敷きをまじまじと見つめてしまう。これには見覚えがあった。声優雑誌の付録だ。

確かライブに出たときの衣装だったか……、あぁ、くそ。かわいいなぁ。いいなぁ。そりゃ人気も出るよなぁ……。

「どしたん、由美子。そんな睨んじゃって」

若菜の声にはっとする。熱い視線を送りすぎたらしい。

「ん。や、綺麗な顔だな、って思っただけ」

軽く手を振ってごまかす。

夕暮夕陽は出演作を着実に増やす、勢いのある新人だ。

鈴のような綺麗な声色を持ち、演技はもちろん歌も上手い。

歳は変わらないが、由美子とはかなりの差がついている。だから意識してしまう。比べてしまう。羨ましい、と思ってしまう。

当然ながら、そんな羨望に若菜は気付かない。

「ねー、美人さんだよね。木村、ちょっと下敷き貸して？　もっとよく見たい」

「え？　あ、あぁ、はい……、ど、どうぞ」

若菜が下敷きを受け取ろうとすると、木村の手に若菜の指が軽く触れた。

「あ、あふっ！　ご、ごめんっ！」

木村が妙な声を上げ、勢い良く手を引っ込める。そのせいで下敷きが手からこぼれ落ちた。

「あ、ごめん。落としちゃった」

「あ、あぁ、ご、ごめんごめんごめん……。さ、触……、いや、ちょっと焦って……」

「いや、そんな謝らんでも」

木村の焦りっぷりに苦笑しつつ、若菜は下敷きを拾い上げようとした。椅子に座ったまま身体を乗り出し、床に手を伸ばす。

「でもさー、この子ってこれだけかわいいのにマイナーなんでしょ？　どして？　あんまり演技は上手くないとか？」

若菜の口から、そんな言葉がつるりと滑り落ちる。

「いやいや若菜、違う違う。木村が言うマイナーって、超人気声優に比べるとってだけで、知名度も人気も普通にあるよ。演技が上手くてかわいいから、下敷きになるほど人気なの」

「――へ？」

「……あ」

由美子の突然の擁護に、若菜はきょとんとした目を向けてきた。はっとして口を押さえる。

慌てて言い訳しようとしたところで――、どん、と音が鳴った。

「わっとと、ごめん！」

若菜が身を乗り出したせいで、ちょうど通りかかった人とぶつかってしまった。

「――とっとと、あぶな……っ、あっ！」

若菜は体勢を戻そうとして、身体を机にぶつけてしまう。

その拍子に机の上から、カフェラテ入りのカップが床に落ちていった。

床にカフェラテがぶちまけられる。

下敷きはもちろん、ぶつかった相手の上靴までかかり、若菜は慌てて立ち上がった。

「あ、あぁ、ご、ごめんね！　上靴汚しちゃった……！　す、すぐ拭くから！」

「あぁもう、若菜。ティッシュあるから、ハンカチじゃなくてこれ使いな」

あたふたする若菜、おろおろするだけの木村を尻目に、由美子も床の掃除に加わる。

そこで気付く。若菜にぶつかられ、カフェラテを掛けられたその人は、一言も発していない。立ち止まったまま、何も言わないのだ。

不審に思い、由美子は彼女の姿をしっかりと見た。

「……ん。あのときの」

由美子は小声で呟く。

このあいだ、収録帰りに見掛けたクラスメイトだ。

暗い印象を与える少女だった。下を向いているから、余計そう思う。

頭の丸みが綺麗で、ショートボブがよく似合っている。けれど、前髪の長さが魅力を相殺していた。前髪で目が見えづらい。小柄で身体は細く、胸も薄い。ブレザーの下に白いカーディガンを着込んでいて、スカートは長めだ。

暗くて地味で、とにかく印象が薄い。クラスメイトなのに名前も思い出せなかった。

由美子は、一度話した相手の顔と名前はそうは忘れない。彼女とは一度も話したことがなかった。それどころか、彼女が人と話しているところを見たことがない。

「汚れ、残っちゃうかな……、本当ごめんね。ええと……、なにさんだっけ……？」

若菜は気が動転しているせいか、何気に失礼なことを口にしていた。

彼女は若菜にじろりと目を向け、そこで初めて口を開く。

「……渡辺。渡辺千佳」

見た目に反比例するような、綺麗で透き通った声だった。

「あ、あぁ、渡辺さん。ごめんね、今拭くから……」

かがみこむ若菜に、千佳は何も言わない。なぜか、彼女の目は違うものを見ていた。

カフェラテまみれになった夕暮夕陽の下敷きを、じっと見つめている。

「あ、そうだ木村！　木村もごめん！　これ、大事なものなんだよね？　その……、アイドル声優、だっけ。すぐ綺麗にするから。ほんとごめんね」

「え、あ、あぁ……、い、いや、大丈夫……、ただの下敷きだし、き、気にしなくても」

若菜と木村がそんなやり取りをしている間も、千佳は床の夕暮夕陽を見下ろしていた。

そこで信じられないことが起きる。

「――――ちっ」

千佳が舌打ちをしたのだ。強い音が鳴り響き、空気がぐっと重くなる。

湧いて出た悪意に、頭の奥が痺れそうになった。

固まってしまった若菜を置いて、千佳はそのまま歩いて行こうとする。

「――ちょっと待ちなよ」

反射的に由美子は立ち上がっていた。千佳の背中に声を掛ける。

「今のはさぁ、確かに若菜が悪いよ。でもさ、謝ってる人にその態度はないんじゃないの？」

「い、いいって由美子。これはわたしが悪いよ」

「いや、これは若菜がどうっていうより、あたしがむかついてるだけ」

止めようとする若菜を抑え、千佳を睨む。

さっきのはさすがにカチンときた。何様のつもりだ。

千佳はこちらにゆっくりと向き直り、由美子を見る。真っ向から睨み返してくる彼女の眼を見て、由美子は初めて気が付いた。

なんと鋭く、凶悪な眼だろうか。髪に隠れて見えづらいが、まるで猛禽類のような眼だ。

彼女は不愉快そうに口を開く。

「――品のない連中が騒いでいるだけでも鬱陶しいのに、人様に迷惑まで掛けて。そのうえ突っかかってくるなんて、随分と人間の文化をお忘れのようで。ご出身は森の奥かしら？」

滑舌がよく、聞き取りやすい声で謳うのはたっぷりの嫌味。

地味な見た目に反して攻撃的だ。

いや、あの眼を見たあとでは、こちらの方がしっくりくる。

「文化を知らないのはそっちでしょうが。あんたの国では、『ごめんなさい』には舌打ちを返せって習うわけ？　さぞかし素敵な幼少期を過ごしたんでしょうね。根暗なのはそれが理由？」

言葉を返すと、千佳の頬がぴくりと引き攣る。

眼光がより強いものに変わる。

「……そういうあなたは随分とすくすく自由に育ったんでしょうね。そうでなきゃ、そんな頭の足りない格好をして平気なわけがないわ。裸の方がまだマシだもの」

「あ？　人の格好をバカにするのはいいけど、自分の身なり整えてから言いなさいよ根暗女が。久しぶりに口を開いたからってはしゃぎすぎなんじゃないの？　いくら上靴を汚されたからって、そこまでキレなくてもいいでしょうよ」

「上靴……、あぁ」

由美子の言葉に、千佳の眉がぴくりと動く。自分の上靴を見下ろして、鼻を鳴らした。

「どうでもいいわ」と首を振り、指差したのは床に落ちた下敷きだった。

彼女は心底軽蔑したような顔で、吐き捨てるように言う。

「鬱陶しいの。声優だか何だか知らないけれど、そんな物で騒いでバカみたい。何が良いのか全くわからないわ。どうせあなたたちもバカにしていたんでしょう？　そのグッズも、持ち主も、声優自身も」

話が見えずに困惑する。

彼女が苛立っているのは、この下敷きのせい？

「それに、声優っていう割には見た目を売りにしてるんでしょう。歌ったり、踊ったり、アイドルの真似事をして何が良いのかしら。何にせよ、見ていて不快。それだけ」

滑るように言葉が出てくる。

木村は肩身が狭そうに俯くばかりで、何も言い返さない。

千佳が怒っている理由が若菜に無関係なら、これ以上突っかかる必要はない。ないのだけれど。

「――よく知りもしないで、勝手なこと言うなよ。夕暮夕陽はかわいいよ。だから見た目も売りになるけど、それの何が悪いの。言っておくけど、見た目だけじゃないから。演技だって歌だって一級品で、そのうえ容姿もいいからこういう売り出し方されているだけ。わかる？」

由美子の口からは、そんなストレートな反論が飛び出していた。

若菜が貶められたと思ったときとはまた違う、別の怒りが湧いてくる。

バカにするんじゃない。そう言いたくなる。

「……な、何よそれ。あなたこそ、よく知りもしないで適当なこと言わないで頂戴。どうせにわか知識でしょう？　あなたみたいな蛮族に、何がわかるっていうの」

千佳は虚を突かれたような顔をしたが、眉を顰めて言葉を返してきた。

「おーおー、蛮族だろうが何だろうが好きに言えばいいよ。でも、そのにわかでもわかるくらい、夕暮夕陽はいい声優だっつってんの。アイドルの真似事だって？　それで人の心を震わせるなら、熱を与えられるなら、それは本物でしょうが。大体、人が夢中になっているものに対して、その言い草は失礼じゃないの？」

考える前に言葉を吐き出していた。自分の思いを一気に捲し立て、彼女の出方を待つ。

さぁ、どう来る。由美子が身構えていると、急に千佳の勢いが萎んだ。

「む、ぐ……。……け、けほっ」

何か言いたげに唇をむにむにと動かし、眉間に皺を寄せて顔を赤くしている。

挙句、顔を逸らして咳き込み始めた。

「……アホらしい。口では何とでも言えるわ。付き合いきれない」

こちらを一睨みすると、千佳は踵を返す。まるで捨て台詞だ。

思わず、その背中に言い返そうとする。が、腕をぐっと引き寄せられた。

「や、やめなよ、由美子。わたしは本当に大丈夫だから……」

若菜に心配そうにそう言われ、急速にクールダウンする。

……確かにこれ以上続けても、不毛な争いになるだけだ。

大人しく由美子が矛を収めると、若菜は腕を組んだまま、ほっと安堵の息を吐く。そうしてから、感心したような声を出した。

「にしても……由美子って、この声優さんそんな好きなんだね。意外。アニメとか観るっけ？」

「え？　あ、ん、んんー。い、いやぁ？　そ、そういうわけじゃないんだけど……。あ、ほら。お客さんの受け入りだから。ね。うん。ていうか木村、あんたの好きな声優がバカにされたんだから、あんたが言い返しなよ」

若菜の言及を無理やりごまかし、話の矛先を変える。

「え、あ、言おうとはしたよ……た、タイミングがさ……」

木村は戸惑いながら下敷きと由美子を見比べ、ごにょごにょと言っている。

由美子はため息を吐くと、立ち去る千佳の背中を一瞥した。

こいつとはもう関わりたくない。心の底からそう思った。

放課後。

由美子はひとり収録スタジオに向かっていた。

『はぁい、どうもー、こんばん……は？　こんばんはであってます？　あってます～。琉球みりも役の夕暮夕陽ですー。やぁー、今日は傘を忘れちゃいまして、走ってきたんですよぉ』

イヤホンから聴こえてくるのは、穏やかな声。

ゆっくりとしたテンポで聴きやすく、ほわっとした空気を感じられた。

テレビアニメ『超絶伸縮まりもちゃん』のラジオ番組、『超絶ラジオまりもちゃん』。それに夕暮夕陽が出ていると知り、こうして聴いている。

声が良いうえに人の好さがよくわかる。そりゃ人気も出るってものだろう。

この子相手に、釣り合うのかな。

……釣り合わないだろうなぁ、と由美子は頭を掻く。

『いやぁ、詳しくないですないです。わたしなんて、にわか仕込みのにわか知識ですよぅ』

「……ん？」

引っ掛かりを覚える。なぜかあのむかつく女の顔が頭をよぎった。

似ても似つかないはずなのに、なぜ急に思い出したのだろう。

「……あぁ。あいつもにわか知識がどうのって言ってたっけ」

納得しつつも、あの腹の立つ口上を思い出して勝手にむかむかする。

そうしているうちに、何度か使ったことのある馴染みのスタジオに着いた。

「おはようございまーす」

挨拶をしながら、指定された会議室の扉を開く。まずは打ち合わせだ。

真ん中には長テーブルが置いてあり、その前に四十代半ばの男性が座っていた。

アフロと見紛うほどにくせ毛の男性だ。大きめのチノパンにTシャツというラフな格好で、ノートパソコンをイジっていた。彼はこちらを向くと、ぎょっとした顔で固まる。

「あぁおは……よう？」

だれ？　という文字が顔面に張り付いている。まぁこの反応にも慣れっこだ。

「チョコブラウニーの歌種やすみです。すみません、普段はこんなカッコなんですよ」

「あ、あぁ、歌種さんね。あ、ディレクターの大出です。よろしく。いや、聞いてはいたんだけど、実際に見るとびっくりしちゃって。君、本当に普段はそういう格好なんだねぇ」

「初対面だと結構びっくりされますね。おかげで覚えてもらいやすいですけど」

「そりゃあねえ。まぁオンオフに差がある子はいっぱいいるけど……、あ、座って座って」

言われて席に着く。すると、机の上にある資料に目がいった。

番組の企画書と出演者のプロフィールだ。事前にもらっていたので目は通してある。

企画書にはこう書かれていた。

番組名：夕陽とやすみのコーコーセーラジオ！
メインコンセプト：現役の女子高生声優ふたりによるラジオ番組
コーナーコンセプト：学校に関連付けたコーナーを予定（※検討中・放送作家から当日提出）
出演：夕暮夕陽（ブルークラウン）／歌種やすみ（チョコブラウニー）

この春から始まる、週一収録、週一放送の新番組である。

なんとあの夕暮夕陽の相方として由美子──歌種やすみが抜擢されたのだ。

「……なんで夕暮さんの相手が、あたしなんでしょう」

つい、そんなことを呟いてしまう。

夕暮夕陽の相方に選ばれたのは嬉しい。大抜擢だと思う。

けれど、その理由がわからない。

女子高生だから、という理由ならば、もっと人気のある女子高生声優はいくらでもいる。少なくとも、自分がディレクターだったら、夕暮夕陽の相方に歌種やすみは選ばない。

大出は、悪戯が成功した子供のように笑った。企画書を指でとんとんと叩く。

「歌種さんは、夕暮さんとは会ったことないんだよね？」

「へ？　あ、あぁ、はい。そうですね。現場でもいっしょになったことはないです」

「だよね」

大出は満足そうに笑い、由美子は首を傾げる。

彼は「あぁごめん」と手を振った。

「このラジオには実は秘密があってね。君たちには大きな共通点があるんだ。それがわかれば、歌種さんを選んだ理由がわかるよ」

「大きな共通点……？　女子高生声優以外で、ですか？」

「うん。もう少し踏み込んでみよう」

踏み込む？　どういうことだ？

プロフィールを並べても、答えは全くわからない。

「この共通項に気付いたときの驚きったらなかったけどね。それを知ったとき、既に頭の中にはこの企画書が浮かんでいたよ。……わからない？　んー、どうしよっかな。仕方ない！　教えてあげよう！　実はね、君たちふたりは——」

「おはようございます。夕暮夕陽です、よろしくお願いします」

静かな声とともに、扉が開いた。

夕暮夕陽だ。

あの人気上昇中でありながら、ラジオの相方になる夕暮夕陽が、この部屋に入ってきた。

ドキドキしながら視線を上げる。

「……ん？」

目の前の少女と、記憶にある夕暮夕陽の姿に大きな差異があった。

髪型のせいか、印象がぜんぜん違う。

明るく可愛らしい夕暮夕陽の姿はなく、暗くて地味な少女がそこにいた。

彼女と、目が合う。

「……え？」

目つきが、違う。前髪の奥に見える瞳は、鋭い光を放っていた。

――いや、待て。この眼には、この姿には見覚えがある。こいつは――。

「な、なんであんたがここにいんのッ⁉」

そこには、佐藤由美子のクラスメイト、渡辺千佳が立っていた。

なぜ。なぜこの場所にこの女が。

混乱した頭は全く働かず、ただただ彼女を見つめることしかできない。

そして、千佳も由美子と同様に、困惑の表情を浮かべていた。

「そ、それはこっちのセリフよ。なんで、なんであなたみたいな人がここにいるの」

「質問してるのはこっち！　ど、どういうこと？　ゆうぐ……、え？　いや、だってあんた、今朝は下敷きのことで……、え？」

「そ、それは……、そ、それよりあなたこそなんで……、ここは佐藤みたいな人種が来るような場所じゃ……、待って、確かあなた今朝……、妙なことを……」

互いに指差し、ぽかんとした顔を浮かべる。

何が何だかわからない。

唯一、事態を把握している大出が、身体を揺らしながら楽しそうに言った。

「あぁやっぱり、ふたりとも素の方は知り合いだったみたいだね。同じ高校だもんな。では、答えを明かそう。そう、歌種やすみと夕暮夕陽は同じ学校だったんだよ！　マネージャーと話していたときに偶然知ったんだけど、すごく痺れたよ――現役女子高生同士っていうだけじゃなく、同じ学校の生徒ふたりの声優ラジオ！　これはいけるよ！」

大出はぱんと手を鳴らし、そんなとんでもないことを言い出した。

ようやく、状況がわかってくる。

そうだ、さっき彼女は言ったではないか。

自分のことを、「夕暮夕陽です」と。

彼女を指差す手が震える。

つまり、つまりそれは。

「あ、あんたが夕暮夕陽で、ラジオでのあたしの相方……？」

「……あなたが歌種やすみで、わたしといっしょにラジオをやっていく人……？」

その意味を理解して、ふたりの口が大きく開く。

「はぁぁぁぁぁぁ――――ッ⁉」

そんな大絶叫が響き渡った。

「いやぁ、実は始まる予定だった番組が突然飛んじゃってねえ。急遽この企画を立ち上げたんだけど、突貫とは思えないほどに良い企画だよねえ。やっぱ人間、追いつめられたときに真価が発揮されるっていうかさぁ」

大出はさっきからこの調子だ。

夕暮夕陽――渡辺千佳は不本意そうに由美子の隣に座っており、仏頂面を隠そうともしない。

由美子も同じように、ぶすっと黙り込んでいる。

空気が悪い。

そんなふたりに気付かず、大出は機嫌よく自分の話を続けていた。

……ていうか、あたしたちはほかの番組の補欠かよ。どうりでスケジュールがタイトだと思った。それわざわざキャストに伝えなくてもよくない？

千佳ではないが、舌打ちのひとつでもしたくなる。

けれど由美子が何かを口にする前に、大出に電話が掛かってきた。

「あぁ、ごめん。ちょっと出るね。多分、作家がすぐに来ると思うからさ」

そう言い残すと、さっさと出ていってしまった。

沈黙が降り、部屋に重苦しい空気が流れた。隣をそっと見やる。

彼女もまた、こちらを窺っていた。その表情は、まるで胡散臭いものを見るようだ。

きっと自分も、似たような表情をしているのだろう。

「あんた……、本当に、あの夕暮夕陽？　イメージと実物が違いすぎるんだけど……」

自然と疑うような口調になる。

由美子の知る夕暮夕陽は、もっとぽやぁっとした育ちが良さそうな女の子で、顔つきだって明るい。千佳とは全くの正反対だ。

……そりゃもちろん、メディアに載るキャラと本人は別物だ。大抵の声優は大なり小なり、みんなキャラが違う。制作陣も、それにいちいち突っ込んだりしない。

見た目に関してもいくらでもごまかしが効く。

化粧が上手ければ別人になれることは、何より由美子自身がわかっている。

それにしても、これは違いすぎではないか。

この根暗女が人気上昇中の女性声優、夕暮夕陽だって?

ただ、そう思うと、今朝彼女がキレていたのも納得がいく。

ギャルふたりが自分の下敷きをなぜか手にしていて、しかも片方は「この人あんまり演技上手くないの?」なんて口にする始末。

さらに床に落とされ、カフェラテをぶっかけられる。

そりゃ舌打ちもしたくなるだろう。

「……あなただって完全に別人じゃない。佐藤が歌種やすみだなんて、とても信じられない」

無遠慮に観察する由美子に対し、千佳は不愉快そうに言う。

「あぁ……、マリーゴールド……、プラガで一番好きだったのに。中身がこんな品のない人だったなんて……」

嘆くように言う。

夕暮夕陽が自分の演じたキャラを知っている……、それ自体は嬉しい。

が、どうも目の前の少女と夕暮夕陽は一致せず、今のもただの悪口としか受け取れない。

「あーあ。あたしだって、『指先を見つめて』とか好きだったんだけどなー。こんな性悪な奴があんな清純ヒロインやるなんて、色んなことに幻滅しそう」

「その理屈なら、あなたこそ清純ヒロインなんて絶対できないわね。知性のないお猿さんだけ演じてれば？　普段から役作りしてるじゃない」

「そういう渡辺は、教室の隅で黙り込む根暗女を演じるわけ？　セリフなくて楽でいいね。オーディションいらずなんじゃない？　ていうか、あんた後輩でしょ。あたし芸歴三年目、あんた二年目。先輩に対する口の利き方を教えてあげようか？」

「声優としては二年目だけど、わたしは劇団に入っていたから役者の芸歴は四年目なの。その言葉、そっくりそのままお返しするわ、後輩」

「は？　声優としての芸歴を語りなさいよ。劇団の役者なんて前職みたいなもんでしょ」

「あなた、劇団出身のベテランに同じこと言える？　もう少し頭を使って話しなさいな」

互いに睨み合い、口早に煽り合う。

あわや教室でのリベンジマッチか――というところで、がちゃりとドアが開いた。

「どもども、おはようございます。遅れてごめんね、ふたりとも」

扉を開けたのは、二十代中ごろの女性。

小柄な身体にグレーのスウェットという格好で、ノートパソコンと紙の束を胸に抱えている。

髪の長さは肩に届かない程度。寝癖のままでぼさぼさだ。前髪はゴムで留めて、上にぴょこんと跳ねている。

丸見えのおでこには、冷えピタがぺたんと貼り付けてあった。

「放送作家の朝加美玲です。よろしくお願いします」

かなりの童顔なうえにノーメイクなせいで、放送作家どころか学生にしか見えない。ただ、目の下には濃いクマが刻まれており、顔は疲れ切っていた。

しかし、これが彼女の平常運転。

女子力という言葉を鼻で笑うような、その容姿には見覚えがある。

「朝加ちゃん！　なんだ、作家さんって朝加ちゃんだったの」

由美子は立ち上がり、彼女の元に駆け寄る。

朝加は疲れた顔のまま、力のない笑みを浮かべた。

「うん、そう。番組やるのは久しぶりだね。やすみちゃん、またご飯作りにきてよ」

「いいけどさぁ。朝加ちゃんち、汚いじゃん？　人を呼べるようになってから呼んでよ」

「それじゃあ、いつまで経っても呼べないじゃない」

久しぶりに会ったせいで、ついきゃいきゃいと盛り上がってしまう。

すると、千佳が恐る恐る近付いてきた。朝加を上から下まで眺め、

「初めまして……、よろしくお願いします」とこわごわ挨拶する。

「はい、よろしくお願いします。悪いね、こんな格好でね」

「いえ……」

言いつつ、千佳は引いている。気持ちはわかる。由美子も初めて会ったときは、「やべー奴が来た」と感じたものだ。

しかし、彼女は千佳のそんな視線を気にせず、マイペースに窓へ指を向けた。

「わたしの家、すぐ近くなんだよ。だから、こそこそやってきてこそこそって帰るの。いやぁもう服選ぶのも面倒くさいっていうか……、しんどいっていうか……」

朝加は虚ろな目でふふふ、と暗い笑みを浮かべる。

放送作家は随分と激務らしく、昼も夜も家も会社もない状態で走り続けている。

そんな生活は、彼女から色々なものを奪い取っていた。

「朝加ちゃん、相変わらず女子力が枯渇してるね」

「あんなもの、過労の前にはあっという間に蒸発するもんさ」

「うちのマネージャー、めっちゃ忙しいけどいつもバッチリ決めてるよ」

「だからわたし、あの人苦手なんだよ。パワフルすぎるでしょ。マネージャーだって激務だろうに……、というか、わたしの話はいいからさ。打ち合わせしよっか。どうせ大出さん、しばらく戻ってこないだろうし。さ、ふたりともどうぞご着席」

千佳とともに座り直しながら、由美子は尋ねた。

「作家が朝加ちゃんってことは、このヘンテコなキャスティングしたのも朝加ちゃん？」

自分を指差し、そのあとに千佳へ指を向けた。むっとした千佳がこちらに手を伸ばしてくる。

「指を差さないで頂戴」

そう言って指を握ってきた。ちょっとびっくりする。

声の刺々しさとは裏腹に、握る手の力は優しい。そっと指を包み込む赤ん坊の姿を想像させた。恨みがましく上目遣いで、こちらを睨む姿は残念なことに可愛らしい。

それに少しだけ、動揺してしまう。

「ちょっと。なんで急にかわいいアピールしてくんの。意味不明すぎるからやめてくんない？」

「……？」

思わずキレのない文句を吐き出すが、当人は眉を顰めるばかりでわかっていない。どうやら天然らしい。それはそれで、こちらが恥ずかしくなるのだが……。

何も言えずにいると、朝加が小首を傾げる。

「ん。なにふたりとも。もしかして、結構なかよしだったり？」

「あり得ません。文化圏が違うので」

「右に同じ。ここ鎖国してるから」

「あぁそう……。えっと、やすみちゃんの質問に答えると、キャスティングしたのはわたしじゃないよ。大出さん。キャスティングをするだけして、あとはこっちに企画ごと丸投げ。嫌になるよ、もう。だから、この台本もさっきできたばっか」

どっこいしょ、と椅子に座り、彼女は台本をひらひら揺らした。

ということは、番組の構成はすべて朝加が担ったのか。

放送作家、または構成作家と呼ばれる彼らは、番組の企画、構成を行う。

番組が面白くなるかどうかはキャストの腕に掛かっているが、キャストの良さを引き出すのが放送作家の仕事だ。収録時はともにブースに入り、細かい指示や進行をする。ラジオ番組でキャスト以外の笑い声が聞こえたら、放送作家のものと思っていい。

「はい、これ台本ね。第一回だから、内容は大分変則になるけど」

台本はコピー用紙をホッチキスで留めただけだが、ラジオならこれが普通だ。

千佳と並んでぱらぱらと捲る。

タイトルコールやオープニングトークなどの指示、由美子たちが収録時に話す内容が台本形式で並んでいる。しかし、すべてが指定されているわけではなく、「ここからフリーで」「関連する話題があれば」「よきところで」と書かれた箇所もあった。

朝加は台本を開くと、オープニングトークの部分を指で叩く。

「わかっていると思うけど、このラジオはふたりが同じ学校であることを推すから。なるべく、意識して話してほしい。節々に『あぁやっぱりこのふたりは同じ学校なんだ』ってリスナーが思えるトークを混ぜて欲しいの。あ、事務所のＯＫは取ってるからね」

「ふうん……、まぁ同じ学年、同じ学校の声優なんて、そうそういないもんね」

「そう。確かにレアなんだよね。その点を強調できれば、ほかのラジオと差別化できるから。大出さんの見立てでは実際そう悪くないよ」

なるほど。納得はできるが……、問題もある。

その問題の人物が仏頂面で口を開いた。

「わたしはこの人と仲良くはないですし、仲良くしたいとも思ってないですが大丈夫ですか？」

「は？　そんなの、あたしも同じ思いなんですけど？」

「あら奇遇ね。なら、今のわたしの気持ちもわかるかしら。喧しいな、と思ってるんだけど。ちょっと静かにできる？」

「黙り込むのはあんたの領分でしょ。教室で静かにするのが仕事みたいな奴が。根暗女の子守りなんて頼まれてもやらないからね」

「こも……、出たわ。あなたのそういうところ、本当に嫌い。騒ぐだけしか能がない連中って、なんでこうも上から目線なの？　見た目が派手であれば偉いの？　鳥か獣みたいよね」

「こいつ……。つーか、場に馴染めない自覚があるから、そうやって否定しようとするんじゃないの？　人とお話するのが苦手なあんたこそ、鳥か獣じゃない」

「キーキーうるさいお猿さんね」

「猿よりコミュ力ない奴がなに言ってんの？」

「は？」

「あ？」

「……ええと。ふたりとも、そんな空気絶対に収録で出さないでね。別に収録外で仲良くする必要はないし、プライベートを切り売りしろ、とも言わないけど、普通にはして？　学校での話が時々あれば、あとはほかのラジオと同じでいいから。ときに訊くけど、君たち同じクラス？」

ボールペンを向けられ、由美子はこくりと頷く。

「おー、それは僥倖。いいね、そこも強調しよっか。ああちなみに、少しでも学校が特定されそうな情報は放送に載せられないから。気を付けてね。で、番組の流れなんだけど、それほど突出した構成ではなくてね……」

再び台本に意識を戻す。

彼女の言う通り、変わった内容はなさそうだ。

「基本はオープニングトーク、メール、コーナー、エンディングっていうオーソドックスな流れになります。コーナーはまだ考えてないけど、何かしら学校に関係したものにするから。今回はまぁ、メールもないし番組の紹介と自己紹介のコーナーに時間使うね」

朝加がページをぱらりと捲る。由美子と千佳も同じように、次のページを開く。

コーナー企画、『お互いのことをよく知ろう！　一問一答！』という文字が書かれていた。

やすみ「これからいっしょに番組をやっていくために、お互いのことをよく知って、仲良くなっちゃおうというコーナーです」

夕陽「わたしたちが交互にくじを引きます。そこに質問が書かれているので、わたしたちふたりがそれに答えていきます」

それほど珍しい企画ではないが、第一回ならちょうどいいだろう。

「収録のときはくじ引きの箱を用意するから。どんな感じか見たいから、軽くでいいからやってみてくれる？」

「軽くやるって、どーすんの？」

「わたしが適当に質問振るから、声優の自分として答えて」

ちょっとしたリハーサルだ。

収録時にどう答えるかを朝加は見たがっている。ならば、と声の調子を整えた。

こほんと咳払い。

すると、全く同じタイミングで千佳も同じことをした。視線が重なる。

「なによ」

「なんだよ」

「はい、すぐ喧嘩しない……。さ、今わたしがくじを引いてみました。質問は、『好きな食べ物は？』。はい、やすみちゃん」

朝加がこちらに右手を向ける。すぅ、と息を吸ってから、ゆっくりと答えた。

「やっぱり一番は、ママの作ったカレーかな？」

語尾にハートマークがつくくらい、丁寧に可愛らしい声を出した。

ちなみにママはカレー得意じゃないし、何なら由美子の方が上手く作れる。

だがまぁ、若い子がこういうことを言うと大概は刺さるのだ。

「出たわ……、わざわざ母親を引っ張ってきて、食べ物ひとつで好感度を上げようとするインスタント商法」

「は？　上げられるところで好感度を上げて何が……」

「はーい、次は夕陽ちゃんいこっか」

朝加が指示を出すと、千佳は瞬時に顔をぱっと明るくさせた。

手を胸の前でぎゅっと握り、「えっと～」と口を開く。

「わたしはねぇ、パンケーキかなぁ。お休みの日とかにね、よくお店に食べに行くんだぁ」

「はいダウト」

「は？　なに。おかしなことは言ってないわよ」

「いやいや。あんたみたいな根暗女に、店にいっしょに並ぶ友達がいるとは思えないし、ひとりで並ぶ度胸もないでしょ。せいぜいファミレス？　パンケーキの話なら、あたし専門店の話をバンバン振るけど大丈夫？　ファミレスのでパンケーキを語れる？」

「ぐ、ぬ……」

千佳は何も言えずに口ごもり、悔しそうに由美子を睨んだ。

めちゃくちゃ図星っぽい。

しかし、助け舟を出すように朝加が「次ね」と話を進めてしまった。

「次は、そうだなぁ。好きなアニメってある？」

「あ、それならあたし、普通にあるわ。魔法使いプリティア。あれに出るのが夢なくらい好き」

つい素で答えてしまう。

魔法使いプリティアシリーズ。日曜朝に放送している女児向けアニメで、何年も続く人気シリーズだ。この作品に憧れる女性声優はたくさんいるが、由美子の思い入れは人一倍強い。

この業界に入るきっかけになったからだ。

そんな由美子をじろじろ眺め、千佳は鼻を鳴らす。

「佐藤がプリティア？　そうなったら世も末ね」

「喧しい。その世を救うためにプリティアになるんでしょうが」

「あなたはどちらかと言えば敵側でしょうに。敵幹部ヤバンバーンみたいな」

「こいつ……。そういう渡辺は、さぞかし立派なアニメが好きなんでしょうね」

由美子の問いに、千佳はすぐには答えない。

眉根を寄せて、言いにくそうに身体を動かす。

しばらくしてから、ぼそりと言った。

「……メカとロボ。神代アニメなら大体好き。『鉄のゴルド・ラ』とか」

「うーわ。意外過ぎて好感度上がるやつだこれ。なんか腹立つな……」

「だからあまり言いたくないのよ、これ……。意外だのキャラ作りだの言われるから」

「ツイッターで面倒くさいガチ勢に絡まれればいいのに」

「よくもそんな恐ろしいことを言えるわね。人の心がないの？　嫌すぎる呪いをかけないで」

「ていうか、本当にそっち系が好きなわけ？　パンケーキみたいなブラフじゃなく？」

「人の好みをブラフって言うのやめなさいよ」

「じゃあ訊くけど。例えば、『鉄のゴルド・ラ』ならどこが好きなのよ」

「まぁ何が一番いいかっていうのはなかなか難しいから言えないところだけど、例えば、そうね、『鉄のゴルド・ラ』の魅力のひとつにメカデザインの緻密さが挙がるわよね。第四話まで主人公が乗る機体、『トワイライト』の鮮麗さ、あれは見るたびにため息が漏れるわ。まずエンジンの形からして素晴らしい。第一話でエンジンに点火しピストン運動が始まるシーン――あぁこれは後の出撃バンクにも使われているんだけどこのシーンは本作の作画的には最高峰と言っていいわここは作監の田宮さんが描いてるんだけどいや本当に田宮さんが描くと躍動感が」

「面倒くさいガチ勢はあんただった、っていうオチじゃん！」

「は？　作品の魅力を訊いたのは佐藤でしょう。それを言うに事欠いて面倒くさい？　上等じゃない、あなたの足りない頭でも理解できるように、まずは作品の成り立ちから……」

「それ絶対時間かかるやつでしょ！　あたしはロボットにはあんまり興味ないんだから、話されても困るっつーの！」

「ちょっと待ちなさい、『鉄のゴルド・ラ』にロボットは登場しないわ。厳密に言うとあれはロボットじゃなくて、古代遺跡から発掘された……」

「やめろやめろやめろやめろ！　設定の話をするな！　ろくなことにならないんだから！」

いつの間にか、打ち合わせなどそっちのけだ。

話が合わない。相容れない。口を開けばすぐに喧嘩だ。

本当にこんな奴とラジオなんてやっていけるんだろうか……。

止めてくれるはずの朝加に至っては、いつの間にか船を漕いでいた。

もはやこの場は無法地帯だ。

「おー、いいねぇ。賑やかな声が外まで聞こえているよ。やっぱり女の子が揃うと、盛り上がるねぇ。仲良いねぇ。ラジオもこの調子で頼むよ！」

戻って来た大出が、そんな見当違いなことをにこにこ顔で言う。

呆気に取られ、由美子も千佳も「はぁ……」と気の抜けた返事しかできなかった。

「ただいま……」

自宅に帰った由美子は、力なくそう口にした。家の中は真っ暗で、ただいまへの返事はない。

鍵をしっかり掛け、軋む廊下をとてとて歩く。

由美子はこの古い一軒家に、母親と二人で暮らしている。ここは母の実家だ。

物心がついたときは祖母、母、由美子の三人で暮らしていた。

自室に向かう途中で仏間の襖を開き、仏壇に「ばーちゃん、ただいま」と声を掛ける。部屋着に着替えてからキッチンへ。

「今日はカレーでいっかな」

カレーの話をしたら食べたくなった。ストックもうないので、作り置きしておこう。

打ち合わせのあとに第一回の収録を行い、スタジオを出たらすっかり夜になっていた。

どっと疲れた。あれを毎週繰り返すかと思うと、今からげんなりする。

本当にあの番組は上手くいくんだろうか……。

せっかくもらった仕事だから、もちろんちゃんとやるけれど。

『これがわたしの能力……、すべての能力を、〝ひとつ前の段階に戻す〟能力ッ！』

「これが渡辺の声ねぇ……」

スマホで今季放送のアニメ『黒剣の宣言者』を流していると、夕暮夕陽の声が聴こえてきた。

凛々しい声だ。主人公の敵対勢力で、物語に重要なキャラクター。これを千佳が演じている。

「うーん……」

首を捻る。何とも想像しづらい。あの口の悪い少女と、このキャラの声が直結しない。

アニメに集中できないなぁ……、と思いながら、切った野菜を炒める。鍋に移したところで、にんにくチューブって残ってたっけ？　と冷蔵庫を開いた。

「あ、やば。もう牛乳ないじゃん。ママに買ってきてもらお」

あとでスマホにメッセージを飛ばしておこう、と頷く。

由美子の母は近所のスナックで働いている。一応、雇われママだ。小さいながらも繁盛していて、評判もいい。以前はよく、遊びに行きついでに店を手伝ったものだった。

『こんな……、こんな、ところで……。わ、わたしには、野望が……、ゆ、め、が……』

「え、うそ。渡辺死んでるじゃん」

トマト缶を探すのに夢中になっていたら、その間に千佳の演じるキャラが死んでいた。ううん。あとでちゃんと観直そう……、と再生を止める。

そうしているうちに、カレーライスとサラダができた。

母の分はサラダだけ冷蔵庫に入れておけば、あとは温めて食べるだろう。

料理をテーブルに運ぶ。ひとりきりの晩御飯もすっかり慣れた。

母は仕事で夜いなくとも以前は祖母がいっしょにいてくれた。しかし、二年前に天国へ旅立ってからというもの、こうしてひとりで食べている。

カレーは我ながら見栄えがいいし、味も保証できる。スマホで写真を撮っておいた。

「……いい出来、なんだけどな」

スマホには、由美子が作った料理の写真がたくさん入っている。プロフィールの特技欄に料理と書きたいくらいには、上手く作れていると思う。

声優・歌種やすみとしてツイッターに写真を上げれば、好感度が上がるかもしれない。

そう思うものの、これらの写真をSNSに上げるのは勇気が必要だった。

『高校生の自分がひとりで晩御飯を作り、ひとりで食べている』という状況。これがどう取られるかが読めない。

「同情されたら目も当てられないしなぁ……。あたしが耐えられない」

昔から、条件反射で「可哀想にねぇ」と由美子に同情する大人はたくさんいた。

由美子が物心つくまえに、父親が事故で他界しているせいだ。

同情される謂れはないのに。祖母がいないのは今でも寂しいけれど、辛いのはその一点だけだ。毎日充実しているし、楽しくやっている。

楽しく過ごすことに関して、ギャルの右に出る者はいないのだ。

結局、由美子は写真を上げなかった。

代わりに若菜へ写真を送ってみると、すぐに返信がくる。

『おいしそう！　食べたぁい。今度作ってよぉ』

無邪気に笑う若菜の顔を思い浮かべ、頬を緩める。

カレーを口に運んだ。程よい辛さとさっぱりした風味が、上手く混ざって舌に広がる。にんにくが良い。トマト缶をぶち込んだのでくどくなく、さくさく食べられた。

「んまい」

満足の出来に、ひとり頷く。祖母のカレーの味だった。

ギャルの朝は早い。化粧を念入りに行い、完璧な状態で家を出る。寝坊など論外だ。早起きしなければギャルにあらず。

あくびをしながら居間に行くと、母がご飯を食べていた。部屋にカレーの匂いが漂っている。

「おはよう、ママ。お仕事お疲れ様……、ってママ？」

声を掛けたが返事がない。

彼女の両耳にイヤホンがついていることに気付き、後ろから覗き込んだ。

卓上のスマホに由美子の姿が映っている。

いや、由美子というよりは歌種やすみだ。

つい先日出演した、『桜並木乙女のまるでお花見するように』を観ている。

「う、うげぇ……。ちょっと、ママぁ」

「あら？　おはよう、由美子」

後ろから肩を揺する。母はイヤホンを外し、何事もなかったかのように挨拶してきた。

由美子は顔が熱いのを感じながら、スマホを指差す。

「娘の恥ずかしい姿を観るのやめてよ。そのキャラ家族に見られるの、相当きついんだけど」

「んー？　あぁごめんねぇ。でも、どうしても気になっちゃうから」

母はスマホを操作して動画を止める。……あとで続きを観るつもりだ。

どれだけ恥ずかしくとも、芸名を知られている時点で観るのを止めるなんてできやしない。

それに声優になるために、母には随分と協力してもらった。文句も強くは言えない。

母は由美子が声優になることに、全く反対しなかった。

好きなように生きなさい、と言ってくれている。

おそらく、父の死が影響している。人なんてあっさり死ぬことを、母はよく知っている。

「声優で失敗したら、うちの店に来ればいいから。ね？」

冗談めかしてそう言うのだ。

ぼさぼさの髪を撫でつけながら、由美子は朝食の準備を始める。

サラダをもそもそ食べている母に、声を掛けた。

「最近、お店の方はどうなの？　繁盛してる？」

「してるしてるぅ。昨日も忙しくてね。もうお客さんに自分でお酒入れてもらってた。山口さん覚えてる？　あの人、ほかのお客さんのお酒も作ってくれて、助かっちゃったなぁ」

「山口さんって、確かどっかのお偉いさんでしょ……。偉い人をこき使うのやめなよ、ほんと……。言ってくれたら、あたしも手伝いに行くからさぁ」

「いいってばぁ。由美子は声優業に集中しなさい。ね？　あ、でもお客さんもスタッフも由美子に会いたがってるから、また顔出してあげて？」

へい、と返事しつつ、パンを焼く。

昨日のサラダの残りを冷蔵庫から出して、いっしょに卵も取り出した。

目玉焼きかスクランブルエッグか。どっちにしようかな、と卵片手にしばし考える。

「やすみちゃん」

「芸名で呼ぶのやめて？」

「昨日は新しいラジオの仕事って言ってたけど、上手くいった？」

フライパンを温めながら、うーん、と首を傾げる。

上手くいった……、か？

収録自体は滞りなく終わったが、それ以外の部分で相当揉めている。この先も正直不安だ。

自分たちはあの番組を成功させることができるだろうか……？

由美子の沈黙を否と受け取ったらしく、母は慌てたように声を上げた。

「ええ、上手くいきそうにないの？　ママもちゃんと聴くよー？　……ふつおただって送るよ？」

「それだけは本当にやめて」

実母からのふつおたって嫌すぎるでしょ、と由美子は顔を顰めた。

※　※　※

「……ちょっとカフェラテの匂いがする」

木村は自室でひとり呟いた。夕暮夕陽の下敷きに鼻を近付け、ふんふんと嗅ぐ。

大事な下敷きではあるし、あの夕暮夕陽のグッズに何たる無礼なことを、と本来なら怒るところだが、自分は心が広い。仕方なく許してやったのだ。

「でも、渡辺はちょっと許せないな……」

カフェラテが掛かる原因にもなった、渡辺千佳のことだ。

彼女は声優という崇高な職業をバカにした。

失礼なことを……。よりによって、あんな地味な女に言われたことが腹立たしい。

「全く……、夕姫を見習ってほしいもんだよな」

下敷きの可愛らしい少女を見つめる。

彼女と千佳とでは雲泥の差、月とスッポンだ。

夕姫の素のしゃべりを聞いていると、性格の良さがすごくよくわかる。千佳のような暴言は絶対に吐かないだろう。悪口を言ったこともないいんじゃなかろうか。

「逆に佐藤は見所があったな……。今度いろいろと教えてやってもいいかも」

派手なギャルは好みではないが、布教は大切だ。業界のために一肌脱ぐのも大事だろう。

「じゃあ今日も、彼女たちの情報収集といきますか」

そう言ってから木村はパソコンを立ち上げ、ツイッターを開く。

タイムラインを眺めていると、何やら気になるツイートがあった。

木村が推している声優のひとり、桜並木乙女のツイートだ。

『やすみちゃんたちの新しいラジオが始まりました！　ふたりとも同じ学校、同じクラスなんだって！　すっごいぐうぜん！』

歌種やすみ。通称やすやす。『プラスチックガールズ』のマリーゴールドを演じていた、新人女性声優だ。ぱっとしない印象だが、桜並木乙女と仲が良いことは知っている。見た目もそこそこ良い。

「同じ学校で同じクラス……？　本当かねぇ」

半信半疑ながらも、貼られたアドレスをクリックしてみる。すると、『夕陽とやすみのコーコーセーラジオ！』というロゴが目に飛び込んできた。

おっ、と声が出る。夕陽。夕暮夕陽だ。

「夕姫出てんじゃん……」

これは迂闊だった。推している声優のラジオ番組を見逃すとは。

ふたりは同じ学校、同じクラスで、だからこそラジオが始まった……、らしい。

そんな偶然あり得るのだろうか。

とても信じられないが、聴いてみようという気にはなった。

「それにしても……、夕姫が高二ってのは知ってたけど、やすやすも同い年だったのか」

同い年の女性声優というのは、良い。

ひょんなことがきっかけで、もし知り合うことができれば、きっと盛り上がるだろう。特に夕姫とは趣味が合う。ロボットアニメも好きだし、性格の相性もいいはずだ。

……もし、付き合えたら、絶対上手くいくと思う。

人生何があるかわからないし、そんな万が一があるかもしれない。そのためにも、彼女をよく知らなければ。

木村はこのラジオを聴き始めることにした。

# NOW ON AIR!! 第3回

「ユウちゃんは何か好きな食べ物ってある？」

「わたしぃ？　んー、そうだなぁ。わたしはパンケーキかなぁ。お休みの日とかにね、たまに食べに行くんだぁ」

「そうなんだぁ！　おいしいよね、パンケーキ！　やすみも大好きだよ！　ふふふ（笑）」

「うん、大好きなの！　ふふふ（笑）やっちゃんはぁ？　何が好きなの～？」

「やすみはねー、色々あるけど一番はママが作ったカレーかな！」

「あはは、そうなんだぁ。やっちゃんちのお家カレーはどんなの～？」

「んー、そんなに特別じゃないよ？　でも、やっぱり家のカレーって落ち着くっていうか、胸がきゅーっ！　ってなって、幸せな気持ちになるよね！」

「あ～、わかる～、すごくわかるよ～……、ん？　って、あれれぇ？　どうしたんですか？」

「あれ？　なんかカンペが送られてきた……、あ！　ディレクターさんが、『重大発表！』って言ってるよ？」

「重大発表！　えー、なんだろなんだろー？　DJCD発売決定かなぁ？」

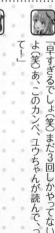

「早すぎるでしょ（笑）まだ3回しかやってないよ（笑）あ、このカンペ、ユウちゃんが読んで、って！」

「はぁい。どれどれぇ……、ええと。……は？」

「……ユウちゃん？」

「…………………」

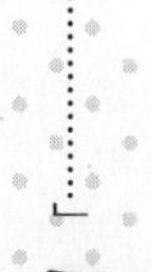

「ユウちゃん？　………？　おほん。ユウちゃんっ！」

「！　……あ、ご、ごめんなさい。ちょっと驚いてしまって」

「ど、どぉしたのぉ、ユウちゃん！　そんなにすごーい！　ことが書いてあったの？　ほら、ユウちゃん！　今度こそ、おっきな声で告知して！」

「あ、は、はーい！　よ、読みますねぇ！　な、なんと～！　『夕陽とやすみのコーコーセーラジオ！』……、公開録音が決定しましたぁ～！」

「！　あ、公録！　わー、嬉しい！　やったね、ユウちゃん！」

「そ、そうだねぇ、やっちゃん！　ええと、日時はですね……」

to be continued……

「聞いてません」

千佳の硬い声がブース内に響く。

ラジオの収録が終わった瞬間、彼女は立ち上がり、朝加に対して前のめりで主張していた。

『夕陽とやすみのコーコーセーラジオ！』も第3回に突入し、徐々に手慣れてきた。

互いにキャラを崩すことなく、表面上は問題なく収録を行えている。

……はずだった。

「公開録音をするのなら、なぜ打ち合わせのときに言ってくれなかったんですか」

淡々とした様子ながら、声に熱を込めて千佳が抗議している。

それを困惑気味に受けているのが朝加だ。

「そ、そんなに引っ掛かることかな……？　企画決定を収録中にサプライズ発表するのはそんなに珍しいことじゃないよ？　大出さんがそういうの好き、っていうのもあるけど……」

朝加はちらりと調整室に目を向ける。

白で統一された壁は一面だけガラス張りで、調整室がここから見える。様々な音響機材の中をスタッフが動いていた。

本番中にノリノリでカンペを持ってきたのは大出だ。

それらのくだりを見終わったあと、いつの間にかどこかへ行ってしまったけれど。

だから、朝加が代わりに抗議を受ける羽目になっている。

「ていうか渡辺、なんであんなに衝撃受けてたわけ？　フォロー入るの大変だったんだけど。公録だなんて、別におかしなイベントってわけでもないのに」

朝加に助け舟を出すように、今度は由美子が抗議の声を上げる。

実際大変だったし、録り直しまで覚悟した。

「それは……」

千佳の勢いはすぼみ、答えることなく口を閉じる。

そのまま、すとんと椅子に座り直した。

「フォロー入るの大変だったんだけど？」

繰り返すと、千佳はキッと睨みつけてくる。

「恩着せがましいわね。大したフォローでもなかったくせに」

「は？　人に迷惑かけておいてそれ？　もっと言うことあるんじゃないの？」

「佐藤。目に虫がついてるから取った方がいいわよ」

「つーけーま！　つけまつ毛！　何よ虫って。もしかして知らない？　お化粧ってわかるかなあ？　オシャレって言葉、聞いたことあるかな？　ないよねぇ、ごめんねぇ」

「本当にうるさいわね、キャンキャンと……。はいはい、お礼を言えばいいの？　ドーモ。はい、満足？　今大事な話をしているから、ちょっと黙ってて頂戴」

「こいつ……」

千佳は面倒くさそうに由美子から視線を外すと、再び朝加に向き直る。

「このラジオは始まったばかりで、人気が出るかわからないのに。公開録音なんてやって大丈夫なんですか？」

それに関しては由美子も同じ思いだ。

『夕陽とやすみのコーコーセーラジオ！』は始まったばかりで、滑り出しはそれなりに良い。けれど、決して爆発的な人気はなかった。

そんなラジオが公開録音をやって、果たして人が来てくれるのか。

朝加は少しだけ首を傾げ、微妙な表情を浮かべていた。

「うーん。まぁ最近だと、始まったばかりのラジオ番組がとりあえず公録やるっていうのは、ままあることだし。何より、大出さんがやりたがっているから……。まぁ小さな会場だからさ、夕暮夕陽と歌種やすみがいれば大丈夫だよ」

朝加の言葉を聞いても千佳の表情は暗い。

けれど由美子は「まぁそれなら」と納得する。

朝加は気を遣って、「ふたりなら会場は埋まる」と言ってくれているが、正しくは夕暮夕陽がいれば、だ。

「イベント形式じゃなくて、収録ブースでの公録だよね？」

「そうそう。収録ブースに大きな窓があって、お客さんが周りから観られるやつ」

「だよね。んー……、まぁハコが小さくても、公録でリスナーを増やせたらいいよね」

ラジオを聴いてなくても公録に来る人はいるし、公録によってラジオの存在を知る人もいる。少なくとも、番組にとってマイナスにはならないはずだ。

頑張らないといけない。

由美子はそっと意気込む。何より仕事だ。仕事がもらえるのはありがたい。

「…………………。今日の収録は、もう終わりですよね。お疲れ様でした」

千佳は力ない声でそう言うと、ブースから出て行ってしまった。

朝加と顔を見合わせる。

「……どうしちゃったの、夕陽ちゃん」

「さぁ。あたしに訊かれてもわかんないよ。あいつの考えていることは、さっぱり」

そう言って肩を竦める。

どうにも彼女とは相性が悪い。

お互い、何を考えているかなんてわかりっこないだろう。

由美子が投げやりに答えると、朝加はそんな由美子をじぃっと見つめていた。頬杖を突きながら、そっと尋ねてくる。

「夕陽ちゃんってさ、学校ではどんな感じの子なの？」

「えぇ？　いや、どうだろ。ぜんぜんしゃべらなくて、教室の隅っこで大人しくしてる奴……？　とにかく根暗、としか」

「あぁ。たまにやすみちゃん言ってるね。でも、大人しいだけで何もしてないわけじゃないでしょ？　夕陽ちゃんにもきちんと学生の顔があるわけでさ。何が好きとか嫌いとか、成績がどうとか。それを知りたいんだけど、どうかな」

突然尋ねられても、さっとは答えられない。

同じクラスではあるし、今では意識してしまうこともあるけれど、基本的に関わらない。

交流はないし、問われても困る。

なぜそんなことを。その問いに、朝加は腕を組んで答える。

「いや、実はね。ふたりの収録中の会話って、あんまりクラスメイトって感じがなくてさ。ちょっと物足りないんだよね。仲良くしろ、とは言わないけど、せめてもうちょっと相手の情報を知っていた方がありがたいね。せっかく同じクラスなんだし」

「……………………」

千佳とプライベートで仲良くしようとは、欠片も思わない。学校では話したくもない。

けれど、仕事の話を持ち出されると、由美子としては弱かった。

そんな胸中を悟ったのか、朝加は苦笑いする。

由美子の肩をぽんぽんと叩いたあと、表情はやわらかく、諭すように口を開いた。

「どうだろう。もうちょっと、相手のことを知ってみようとするのは」

こういうとき、朝加は大人びた表情になる。子供っぽい顔立ちでぼさぼさ頭のスウェット姿だというのに、年上の女性であることを意識させられる。

「……まぁ。朝加ちゃんがそう言うなら」

由美子の口からは、自然とそんな言葉がこぼれ落ちていた。

「あ、おっはよう、渡辺！　今日の調子はどう？」

「………………………………………………」

朝の昇降口で千佳を見掛け、元気よく挨拶してみたら完全に引かれた。

うん。確かにちょっと爽やかすぎる挨拶ではあったが、そこまですごい顔をすることはないじゃないか。

「……おはよう」

ぼそりとそれだけ呟き、千佳はそそくさと下駄箱に向かう。まるで逃げるようにだ。

……こっちが歩み寄ったのだから、少しくらい愛想を見せてもいいではないか。

「おはよう由美子。どしたん、こんなところで」

「あぁ、おはよう若菜……。いや、なんでも」

立ち尽くしているところを若菜に声を掛けられ、ぐったりしながら歩き出した。

教室に入ればほかの子とも挨拶を交わす。ごく自然にだ。

なぜこれが千佳相手にはできないのだろう。

「おはよー、木村」

「え、あ、お、おはよう……」

若菜の隣の席にいる、木村にも声を掛けた。

きょどった様子ではあるけれど、彼でさえ普通に挨拶を返して来る。

席に着くと、周りにクラスメイトが寄ってきた。おしゃべりしながら、そっと千佳の席を窺う。

彼女が学校ではどんな様子なのか、観察しようと思ったのだ。

「ん？」

すると、千佳とばちっと目が合った。しっかりと視線が重なる。

明らかにこっちを見つめていたし、偶然ではなさそうだ。

その証拠に、千佳は慌てて目を逸らし、まるで「意識していませんよ」とでも言いたげに、鞄から筆記用具を取り出し始める。

「…………？」

なんだろうか。用があるようには思えないけれど……。

しばらく時間を置いてから再び彼女を見ると、普段通りの千佳に戻っていた。

自分の席でひとり、だれとも会話せずにスマホを見つめている。

思えば、彼女が学校でだれかと雑談している姿は見たことがない。

話しかける相手も、かけられる相手もいない。

売り言葉に買い言葉で、由美子もそこを罵倒したことがある。

けれど、今の千佳の姿を見てしまうと、ぎゅっと手に力が入ってしまう。

「…………」

千佳はスマホを見つめながら、メモ帳に何かを書き込んでいた。時折考え込むように手が止まり、やがて動き出す。それの繰り返し。

詳細は、由美子にはわからない。

けれど、彼女の真剣な表情が語っている。

あれは、声優の仕事に関係することだ。空いた時間を活用して、今できることを進めている。

クラスメイトがおしゃべりに興じる中、彼女だけは大事な仕事のことを考えていた。

ほかのだれもが気付かなくとも、由美子にだけはわかる。

「ねぇ、由美子。由美子もそう思わない？」

「え？　あ、ご、ごめん。何が？」

クラスメイトに突然話を振られ、視線を戻す。

「もうー、ちゃんと話聞いててよー」と彼女たちは笑った。

何となく後ろめたさを覚えながら、その会話に戻っていく。

爆弾が落とされたのは、二時間目が終わったあとの休み時間。

教室がにわかに騒がしくなる。椅子を引く音と声が重なり、喧騒が教室を満たしていた。

「ねー、由美子」

前の席の若菜が、こちらに振り向いたときだった。

同時に、自分のそばにだれかが立っていることに気付く。

顔を上げると、そこには千佳がいた。まずそれに驚く。

そして、それ以上に衝撃的な言葉を、彼女は口にした。

「さ、佐藤さん！　よかったらわたしといっしょにトイレ行かない!?」

調子っぱずれな声と引きつった笑みを浮かべながら、千佳がそんなことを言った。

「——は？　……は？」

意味がわからなすぎて口をあんぐり開けてしまう。何言ってんだこいつ。何でトイレに誘われてるのあたし。謎すぎる行動に返事ができないでいると、すっと千佳の表情が戻った。

「……ちっ」

舌打ちをこぼすと、彼女はそそくさと教室から出て行ってしまう。

え、なに。

なに今の。

「……えっと。今の渡辺さん、なに？　やたらハイテンションだったけど……」

大抵のことは受け流せる若菜でさえ、ぽかんとしていた。由美子にも何が起きたか理解できず、「わ、わかんない……」と答えるしかない。

「……あ、由美子。トイレ行かない？」

「あ、うん。行く」

整理がつかないまま、ふたりしてトイレに向かう。そこで気が付く。

……もしかして、千佳がしたかったのは若菜と同じことではないか。

「いっしょにトイレ行こ」と誘いたかったのではないか。

いやしかし、あんな力いっぱいトイレに誘う奴がどこにいる。

慣れてないにも程があるでしょ……、と由美子はそうひとりごちた。


「やっと昼休みだー。お腹空いたー」

昼休みを知らせるチャイムが鳴ったあと、若菜が気の抜けた声を上げる。

くるりと椅子を回転させると、由美子の机にお弁当を載せた。

「聞いて由美子！　今日わたし、お弁当作るの手伝ったから！」

「お、偉いじゃん。どうりで今日の若菜、女子力滲み出てると思ったわ」

「へへー、やっぱわかる？　ご飯にふりかけをかけてきたんだよね」

「女子力引っ込んだわ。そんなんで手伝ったって言ったらお母さん腰抜かすよ」

そんな話をしながら、ちらりと千佳の様子を窺った。

ほかの生徒が鞄からお昼ご飯を出す中、彼女はスクールバッグごと掴み、さっと教室を出て行く。その迷いのない動作に、彼女の日常を見た。

「ん？　どしたん、由美子」

お弁当を嬉しそうに開ける若菜に言われ、自分が固まっていることに気付く。あぁうん。そう返事をし、自分も普段通りお弁当を開けようとしたが、ダメだった。

「ごめん、若菜。ちょっと用事できたわ」

「ほ？　んーふふ。あいよぅ」

なぜかふにゃふにゃ笑う若菜を置いて、弁当箱を持ったまま教室を飛び出した。

廊下で左右を見回すと、奥に小柄な背中を見つけたので追いかける。

昼休みの廊下は人が多く、追うのに苦労した。

彼女は下駄箱で靴を履き替え、外に出ていく。

「……あれ？」

靴の履き替えに手間取ったせいで、途中で見失った。

彼女が向かった方に歩きながら、辺りを見回す。ほかの生徒は見かけない。この先には特に何もなく、わざわざ休み時間に来る理由がないからだ。

「あ」

千佳の姿を見つけた。

校舎の端の陰だ。木々と建物のおかげで、周りから死角になる場所に彼女は座っていた。

千佳の手にはサンドイッチがあり、目を向けることなくかじっている。

そして、もう片方の手にはうすい本があった。

カバーで表紙は見えないが、大きさと彼女の目の熱量から何の本かは察する。

きっと台本だ。

淡々と台本を読む姿に、少しばかり見惚れた。

春の陽気らしい風に吹かれ、彼女の髪が揺れる。

そこで千佳はこちらに気付いた。びくりと肩を揺らし、慌てて台本を隠そうとする。

「……なんだ。あなただったの」

由美子だとわかると、ほっと息を吐く。

しかし、すぐに警戒の目を向けてきた。

「何の用？　わざわざ追いかけてきて。その頭の悪そうな容姿らしく、カツアゲしに来たの？」

すぐさま憎まれ口を叩いてくる。

由美子はむっとして言い返した。

「そういう渡辺は、ぼっち飯を見られないためにこんなところにいるわけ？　普段は周りを気にしないあんたでも、ぼっち飯を見られるのは恥ずかしいんだ？」

「そうね。あなたたちみたいな、群れれば偉いと勘違いしてる人たちのせいでね。狂った価値観を押し付けるのは楽しい？　嗤いたければ嗤えばいいわ」

ふん、と鼻を鳴らしてから、サンドイッチを口に含む。

「……これであたしが笑ったら、声優としてどうかっていう話になるでしょ。学校に台本なんてこれ見よがしに持ち込んで、やらしい」

由美子が指摘すると、う、と千佳の手が止まる。

気まずそうに目を逸らした。

「だ、だからこうして隠れて読んでるんじゃない。……わたしだって、学校に台本を持ち込むのはどうかと思うけれど。時間があるなら、読み込んでおきたいのよ」

微妙な表情を浮かべ、言い訳のようにぼそぼそと言う。

それに対して、由美子は複雑な感情を抱いた。これは、劣等感かもしれない。

自分が友達と遊んでいる間にも、千佳は声優として研鑽を積んでいる。

「ふん……」

由美子は千佳の隣に腰を下ろした。

弁当箱を開き始めると、千佳の表情が怪訝なものに変わっていく。

「ちょっと。なんでわざわざここで食べるの」

「せっかく外に出たんだから、外で食べたくなっただけ。それとも、渡辺の許可がないとこの辺じゃご飯も食べられないって？　ここあんたの私有地？」

「………。好きになさいな」

千佳はむきになって言い返そうとしたが、由美子の言うことは間違ってはいない。ダメとは言えないので、大人しく引き下がっていた。

千佳は台本に視線を戻し、再びサンドイッチを口にする。

「……あたしも、学校で台本チェックしようかな」

そんな千佳を見ていたら、ぽつりとこぼしてしまった。瞬時に後悔する。

そんなことを言えば、「真似をするな」「人の影響を受けすぎ」といったようなことを、嫌味ったらしく言われると思ったのだ。

けれど千佳は、とてもさらりと言葉を返してくる。

「あなたは友達がいるんだからいいでしょうに」

「へ？」

最初、嫌味かと思った。

けれど、千佳の表情にそんな感情は見えず、ただただ素直に口にしただけのようだった。

台本から目を離さず、ぽつぽつと呟く。

「わたしは学校でやることがないから、空いた時間を使っているだけ。声優と普通の学生を両立できるのなら、それが何よりだと思うけれど」

そう言って、また一口サンドイッチをかじる。

……そういうふうに考えるのか。

彼女の気持ちは意外だったし、ある意味、由美子と同じとも言えた。

相手に自分の足りないものを見て、それについて想う。

少なくとも、由美子が勝手にコンプレックスを抱く必要はなかったようだ。

案外、そういうものかもしれない。

千佳は千佳で、楽しく学生生活を送る由美子を見て、思うところがあるのだろう。

そこで会話は終わった。

ふたりして無言でお昼ご飯を食べ進めていたが、千佳はこの状況をさすがに不審に思ったらしい。そういえば、と口を開く。

「なんであなた、わざわざこんなところにまで……。……あ」

「え？　それは……、あっ。あー……、なるほど。そういうことね……」

お互いに気付き、違和感が消えていく。

千佳の謎のトイレに行こう発言。

教室で感じた千佳からの視線。

千佳は千佳で、由美子がこうして千佳を追いかけてきたこと、朝の挨拶のことを思い出しているのだろう。

普段のふたりなら絶対にやらないであろう行為。

それを指示したのは。

「……朝加ちゃんか」

「……朝加さんね」

なんてことはない。由美子が朝加に「もっと相手のことを知ってみれば？」と言われたように、千佳も同じことを言われていたのだ。

だからこそ、互いにぎくしゃくとおかしな動きをしていた。

けれど、朝加の言う通りにしてよかったかもしれない。

多少は相手のことがわかった。多少は、だが。

「……今日のこと。ラジオで話すのもいいかもしれないわね」

「元気いっぱいトイレに誘う話はやめた方がいいと思うけど」

「するわけないでしょう……、バカね。お昼ご飯をいっしょに食べた、っていう話」

# NOW ON AIR!! 第5回

「いやぁ、公録がとっても楽しみになってきたね、ユウちゃん！」

「そうだねぇ、やっちゃん。でもまだ何やるかは決まってないよね～？　何するのかな？」

「作家さん！　公録の台本っていつできるの？」

「……腕組んで天井見上げちゃった（笑）」

「これいつになるかわかんないね（笑）」

「今ならやりたいこと言えば、もしかして叶えてくれるかも？　やっちゃんは、何かやりたいことってあるぅ？」

「ケーキ食べたい！」

「ただの欲求言われても困るんだけど……（笑）」

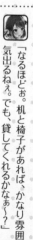

「や、もしかしたら出してくれるかなって（笑）ユウちゃんはどう？　やりたいことある？」

「うーん？　そうだなぁ～。せっかく『教室の空気をお届けする』っていう番組なんだし、なんかそれっぽいことしたいよねぇ」

「あ、いいね！　収録ブースだからセットは組めないけど、ちょっとした小物だったら持ち込めるかも！　何か学校っぽい物を持ち込もうよ！」

「学校っぽいものぉ……？　黒板？」

「大きい！　大変！　んー、そうだ！　学校から机とか椅子とか借りたらどうかな？」

「なるほどぉ。机と椅子があれば、かなり雰囲気出るねぇ。でも、貸してくれるかなぁ～？」

「商用利用だから無理かな？」

# 夕陽とやすみのコーコーセーラジオ！

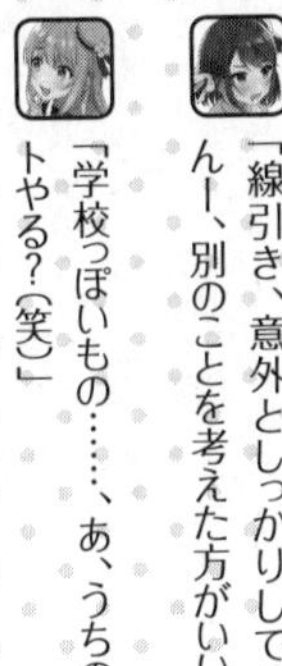

「線引き、意外としっかりしてるんだね（笑）んー、別のことを考えた方がいいかも？」

「学校っぽいもの……、あ、うちの制服でイベントやる？（笑）」

「それこそ怒られるよ～（笑）……あ、そうだ！　お客さんに制服着てもらうのはどうかな～？　学校の雰囲気出ない？　ドレスコードは～、学生服～！」

「む、むむ！　それって、現役や十代の子はいいけど、年齢重ねてる人はキツくないかな？」

「……やっぱりそういうものかな？　コスプレになっちゃうから嫌かなぁ」

「作家さんに訊いてみよう！　ねぇ作家さんはどう？　制服着てくれって言われたらやだ？」

「……物凄く嫌そう（笑）」

---

「本当にめちゃくちゃ嫌がってる（笑）やすみは結構見たいけどな（笑）じゃあやっぱり学生服をドレスコードにするのはやめましょう（笑）」

「学生服の集まりが、収録ブースを囲むのはちょっと見たかったけど（笑）」

**to be continued……**

「そういえば、そろそろ公録の打ち合わせもしなくちゃいけないんだよね」

普段通りのラジオ収録前の打ち合わせ中、朝加がふっとそう言った。

由美子の向かいには朝加が座っており、今は台本から顔を上げたところだ。

先日発表された公開録音の日程は、徐々に近付いている。

少し気にかかり、由美子は隣に座る千佳を見やる。

「公録……」

千佳は力なく呟く。

思えば公録が発表されたときから、千佳の言動には引っ掛かるものがあった。

「……あの。公録って、一体何をするんですか？」

千佳は浮かない顔のまま、朝加にそっと尋ねる。

朝加は少し意外そうな表情を浮かべたあと、ええと、と顎に指を当てた。

「そんなに特別なことはしないよ？　今回は収録ブースでの公録だし。お客さんの前で普通にトークして、コーナーやったり、メール読んだり。その辺りの進行は追々作っていくけど」

「そうですか」

千佳は素っ気ない返事をするが、顔の陰りはより濃いものになっていた。

てっきり、彼女は「客が来るのか、成立するのか」と不安を感じているのかと思っていた。

けれど、これは違う。

「渡辺、もしかして公録初めてか」

どうやらそれは図星だったらしく、千佳はわかりやすく顔を歪めた。

「そうだけど。あなただって、公録なんてやったことないでしょう?」

「いや、あたしはある。『プラガ』のラジオやってたときに、二回はやったかな。収録ブースで一回、イベント形式ので一回」

指を二本立てて答える。

『プラスチックガールズ』はとにかくイベントが多い番組だったので、ラジオの公開録音も当然のように行っていた。

千佳は由美子の答えにきょとんとして、そのあとに激しい舌打ちを返す。

「出たわ。あなたのそういうところ、本当に嫌い。すぐに先輩ぶろうとする」

「あたしは訊かれたことを素直に答えただけなんですが？」

あまりの理不尽さに、怒りを通り越して呆れてしまう。

すっかりふたりの扱いにも慣れてきた朝加が、「まぁまぁ」と苦笑いを浮かべた。

「どういうふうに進めていくか、いっしょに決めていこっか」

朝加の言葉に、千佳は顔を上げる。瞳に少しだけ光が戻っていた。

あの、と口を開く。

「何か、普段と違うことってできますか。たとえば、歌を歌うことやボイスドラマをやるとか」

「えぇ？　歌うって言っても、このラジオに主題歌はないし。ボイスドラマだって、そもそも題材がないでしょ？」

千佳の突然の提案に、朝加は困惑した声を出す。

「何でもいいんです。どんな歌でもいいし、絵本の朗読会でもいい」

千佳はまっすぐに朝加を見つめ、そんなことを言う。

何やら変な方向に話が進みそうだったので、由美子は口を挟んだ。

「なにそれ。あんまりおかしなことはやりたくないんだけど」

「歌も朗読も声優らしいでしょ。おかしな格好をしているせいで、感覚ズレてるんじゃない？」

「ラジオの公録らしくないって言ってんの。感覚ズレてんのはそっちでしょうが。公録初めてだからって何はしゃいでんの」

「はいはい出た出た。お得意のマウントが出たわ。嫌われる先輩を地でいくわね、あなた」

そんなチクチクとした言い合いをしていると、朝加が困ったような顔をする。

「うーん、ごめんね。難しいかも。やっぱりお客さんは、普段のふたりを観たいと思うし」

「ほら」

「…………」

千佳は由美子を一睨みするものの、何も言わずに黙り込んでしまった。

その日は結局、それ以上話が進むことはなかった。

公開録音、当日。

由美子は指定されたスタジオの廊下を歩いていた。

声優ラジオの公録で使われるお馴染みのスタジオで、由美子は以前にも来たことがある。

「お、やすみちゃん」

声を掛けられたので、そちらに顔を向ける。

準備に勤しむ朝加が、両手に荷物を抱えていた。

挨拶しようと手を挙げると、先に朝加はおかしそうに笑う。

「？　どうしたの、朝加ちゃん」

「いや、やすみちゃんの声優の姿って久しぶりに見たからさ。何だか違和感がすごくて」

「えぇ！　やすみは普段からこんな感じじゃないですか！　作家さん、おかしなことを言わないでくださいよー！」

両手を振りながら演技がかった声を出す。

朝加の笑い声が大きくなり、由美子もそれに合わせて笑った。

今の由美子の格好は、普段のギャルっぽい姿とはかけ離れている。

髪は綺麗なストレート。メイクは丁寧に、けれど濃くならないように。装飾品は何も付けていない。耳には穴もない。普段、ピアスじゃなくイヤリングをしているのは、こういうときのためだ。

上は白いトップスに、下は花柄のスカートで可愛らしく決めている。

清楚な見た目の、可愛らしいお嬢さんを心掛けた。

普段の由美子を見慣れた人からすれば、お前だれだよって感じだろう。

けれど、これが声優・歌種やすみの姿だ。

「でも、今日は朝加ちゃんもかわいい格好してるね」

今日の朝加はきちんと化粧をしていた。

ぼさぼさの髪をきちんと整え、服は白いシャツにワイドデニムパンツ。アクセントに赤ぶちの眼鏡を掛けている。ラフな格好ながら、とても似合っていて可愛らしかった。

由美子の言葉に、朝加は苦笑いを浮かべる。

「さすがにわたしも、会社から離れるときはきちんと身なりを整えるよ」

「普段からこんなふうにオシャレすればいいのに」

彼女の白いシャツに触れながら伝えると、露骨に嫌そうな顔をされた。絶対やだ。今度は由美子が苦笑いをする番だ。

挨拶もそこそこに、朝加は廊下の奥を指差す。

「この先に控え室があるから、演者の人は一旦そこで待ってて。あとで呼びに行くから。夕陽ちゃんはもう入ってるよ」

おや、と思った。

由美子はだいぶ早めに来たので、千佳よりも先に会場入りすると思っていたのだ。早いな、と思いつつ足を向ける。そこを「やすみちゃん」と呼び止められた。

「ちょっと聞いてほしいことがあるんだけど……」

朝加は顔を近付け、耳元でこしょこしょと囁く。

「夕陽ちゃんなんだけどさ。何だかすごく緊張しているみたいなんだよ」

「緊張？」

その言葉が信じられなくて、訝るような顔になってしまった。

「言っちゃなんだけど、こんな小さな公録で？　あいつ、すごく大きなライブとかイベントも経験してるから、そんなことないと思うけど」

「わたしもそう思ったんだけどね……。難しいこともないし、そんなに緊張することないよって伝えたんだけど、ぜんぜん響いてないみたいで」

朝加は悩ましげに息を吐く。

しかし、それでも由美子にはぴんと来なかった。

夕暮夕陽はアニメの主題歌を歌っており、大きなアニソン合同ライブに参加している。目も眩むような大衆の前で歌ったことだってある。ほかにもゲームやアニメのイベントで人前に出るのは慣れているはずだ。

「何かの間違いじゃないの？　もしくは、緊張じゃなくて体調が悪いとか」

「いや、あれは緊張だよ。何かが不安で仕方がない、って顔だった」

朝加はそう言い切ってしまう。彼女が言うならそうなんだろう。

どうしたもんか、と腕を組むと、朝加はそっと言葉を続けた。

「ねぇやすみちゃん。ちょっと夕陽ちゃんの話を聞いてあげてくれないかな。わたしから言っても響かないけど、やすみちゃんの言葉なら聞いてくれるだろうし」

「朝加ちゃんが言ってダメなら、あたしが言っても無駄だと思うけど」

「そんなことないよ」

朝加はにこりと微笑むと、腕をぽんぽんと叩いてくる。

「そうかなぁ」と疑問を持ちながらも、由美子は頷いておいた。

控え室の扉を開く。中はちょっとした会議室のようだった。

普段、ラジオの打ち合わせで使う部屋を大きくした感じだ。

長方形のテーブルが置いてあり、その上にはペットボトルの飲み物やお菓子が並んでいる。

そんな変哲のない部屋にひとり、女の子が立っていた。

「――わ」

由美子は目を見開く。やけに綺麗な女の子だったからだ。

艶のある髪を小さく編み込み、品のあるヘアアレンジがとても洒落ている。

透き通った瞳、艶やかな肌、形の良い唇。それらがメイクでより整えられ、花のような可愛らしさ、可憐さが主張されていた。

着ているのは白色のワンピース。

それが清楚な見た目によく似合っていて、人の目を惹く魔力があった。

あぁ美少女がいる。こんなところに美少女がいる。

その光景に一瞬呆けてしまったが、すぐにはっとして声を上げた。

「おはようございます、歌種やすみです。本日はよろしくお願いします」

「あ、おはようございます。夕暮夕陽です。こちらこそ、よろしくお願いします」

丁寧に挨拶を交わし合う。相手に聞き取りやすい声量で、頭も下げて。

そして、互いの言葉をきちんと呑み込んでから、「ん？」と顔を上げた。

目が合う。瞳がくりっとした綺麗な女の子と。

しかし、次の瞬間、ふたりとも不愉快そうに顔を歪めた。

その表情で、目の前の少女が見知った人物であることがわかる。

「……あんた渡辺か。初対面の同業者かと思った。普段と違いすぎでしょ」

「こちらのセリフよ。あなたこそ、化けるにも程があるでしょう。完全に別人だわ」

由美子は呆れながら、千佳は肩を竦めながら、言葉を交わす。

疲れたような息を吐いてから、由美子は椅子に腰掛けた。

……横目でちらりと見ると、千佳の端正な顔立ちが目に入る。

顔が良い。普段は根暗で目立たないくせに、今の彼女は本当に可愛らしかった。やはり夕暮夕陽はかわいい。思えば、声優の姿の彼女を間近で見るのは、これが初めてだった。

「……なに？」

「ん。いや、なんでも」

じっと顔を見ていたら、千佳に気付かれてしまったので適当にごまかす。

あまりにも綺麗だから見ていた、なんて。口が裂けても言えない。

そこから先、特に会話はなかった。

「………………」

代わりに、千佳の様子がいやでも気にかかる。

彼女は落ち着きなく、部屋の中をぐるぐると歩き回っていた。

緊張している。それも、とてもわかりやすく。

朝加の言っていたことは本当だったらしい。

そのあと、打ち合わせとリハーサルを行ったが、千佳の様子が変わることはなかった。

「……そんなビビるようなイベントじゃないと思うけど」

イベント本番で座る席に腰掛け、ぼそりと呟く。

今、由美子たちがいるブースは、普段収録で使うブースとそれほど違いはない。

机があり、椅子があり、マイクがある。ラジオの収録で使用する物が揃っている。

大きな違いはひとつだけ。

ガラス張りになっている部分があり、お客さんはそこから収録風景を眺めることができる。

お客さんに収録風景を観られることに、多少は緊張を覚えるものの、不安はない。

お客さんと交流があっても、結局やるのはラジオの収録だからだ。

しかし、隣に座る千佳は普段通りではなかった。

「……やすみちゃん？」

朝加は不安そうな目を由美子に向ける。何とも言えない表情を返すことしかできなかった。

千佳はそんなふたりの様子に気付きもしない。

千佳が分厚い緊張を纏ったまま、あとは開始の時間を待つばかりになった。

控え室に戻って、出番まで待機だ。

千佳はもう、控え室を歩き回りはしなかった。

代わりに座り込んでいる。机に身体を預け、手を組んだまま動かなかった。

「…………………………」

由美子はため息を吐く。

朝加に「話を聞いてあげてほしい」と言われたとき、正直「なんであたしが」と思った。いくらラジオの相方といえど、なぜあんないけ好かない女のケアをしなくちゃいけないんだ、と。

けれど、そうも言っていられない。

このままだとイベントに支障が出る。

「……ねぇ、渡辺。何をそんなに緊張してるの。あんたらしくもない」

千佳はゆっくりと顔を上げると、睨むような目をこちらに向けた。

いつもの迫力がないのは、化粧で目つきの悪さを隠しているからだろう。圧がない。そのおかげで、由美子はするりと次の言葉を口にできた。

「あんた、もっと大きなライブやイベントも経験してるでしょ。小規模の公録でどうにかなるほど、肝っ玉が小さいとは思えないんだけど」

由美子が言うと、千佳は皮肉気な笑みを浮かべた。

ふん、と鼻で笑う。

「何を偉そうに。先輩風を吹かしているつもり？　前も言ったけど、役者の年数で言えば、わたしの方が先輩なのだけれど」

千佳の憎まれ口に、由美子は軽く息を吐く。

普段ならイライラする彼女の言葉も、明らかな虚勢とわかるせいで腹も立たない。

調子が狂う。そんなことを思いながら、由美子は千佳の向かいに座った。

「あたしももう一回言うけど、声優としてならあたしの方が先輩だから。ことアイドル声優に関してなら、あたしの方が経験はある。何かあるなら、話してみなよ」

由美子が大人な対応を見せると、千佳は唇を噛んだ。

「あなたのそういうところ、本当に嫌い……」と憎々しく呟く。しばらく黙り込んでいたが、

「うん？」

「アイドル声優」と由美子の言葉を繰り返した。

「わたしには、これがよくわからない。ライブは、お客さんが歌やダンスを楽しみに来ている。ゲームやアニメのイベントなら、その作品由来のものを楽しむ。……でも、このイベントは違う。違うのよ。お客さんはゲームや歌じゃなくて、わたしたち自身を見に来ている」

「……それに、何か問題があるの？」

「問題よ！」

千佳は声を張り上げ、立ち上がりかけていた。

しかし、はっと我に返ると、おずおずと座り直す。

組んだ手がカタカタと震えるのが見えた。

何度も手を組みなおすが、それは消えない。

震えたまま、千佳は口を開く。

「……わたしには、夕暮夕陽の魅力がわからない。歌を歌うわけでもなく、演技を見せるわけでもないわたしに、価値があるように思えない。ただ話すだけのわたしに、力はない。だっていうのに、今から人前でそれをやらなくちゃいけないのよ」

重苦しい声とともに、彼女はそう言う。

しかし、その悩みに由美子は困惑した。

「いや、待ってよ。それなら、普段のラジオはどうなんの。あれだって、歌も演技でもない、夕暮夕陽の話を聞くための番組でしょうよ。今日はそれと変わらないでしょ」

思わず、由美子は口を挟んでしまう。

彼女は普段できていることを、今やるのは難しいと言っている。

普段通りやればいいだけではないか。

しかし、彼女はその「普段通り」を否定する。

「ラジオだって、いつも心に引っ掛かりを覚えているわ。偽物のわたしを、ファンに見せ続けているんだから。それを改めて認識するから、現実を見せつけられるから、怖いの。……わたしはこのキャラが嫌いよ。まるきり偽物の、アイドル声優の夕暮夕陽なんて。魅力なんてわからない。だけどお客さんはそれを求める。どうするべきなのか、わたしにはわからない……」

千佳は俯いてしまう。

震えたままの手を見つめ、由美子はゆっくりと息を吐いた。納得もした。

彼女らしい、と由美子は思う。

アイドル声優としての自分に疑問を持つ。

もうひとりの自分を見せることを苦しく思う。

彼女だからこその葛藤だ。

苦しさを覚え、答えがわからないから、それが緊張となって形に出る。

真面目だなぁと思い、あぁそうだ、彼女は真面目だった、と思い直す。

学校でたったひとり、時間が空いたからと台本を読み込むような女だった。

「渡辺」と由美子は彼女の名を呼ぶ。

ゆっくりと千佳は顔を上げるが、表情は暗いままだ。

「あんたの悩みはね」

そんな彼女に、由美子は答えを口にした。

「ほんっとーに、しょーもない」

「しょ……！」

投げ捨てるような由美子の言葉に、千佳はカッと顔を赤くする。

まるで感情が沸騰したかのように勢い良く立ち上がった。

「出たわ！　あなたのそういうところ、本当に嫌い！」

そう声を張り上げる。

ぎゅうっと眉根を寄せて、目に怒りを宿らせながら、由美子に指を突き付けた。

「あぁそうだわ、あなたはそういう人間だったわ！　なんで、あなたみたいな人に――」

「待て待て待て、落ち着きなさいって。座りなさい」

ヒートアップして言葉を叩きつけようとしてくる千佳を、無理矢理になだめる。

座りなさい、と指を差す。千佳は不愉快そうに顔を顰めた。

が、いつもと違う調子の由美子に何かを感じたのか、大人しく座り直す。

たっぷり間を取ってから、由美子は話し始めた。

「関係ないんだって、渡辺。あんたが自分に疑問を持ってようが、悩んでようが、お客さんには無関係なの。そんなことでパフォーマンスを落としてどうすんの。あんたプロでしょ。プロなんだったら、お客さんに『あぁ今日の夕姫は最高だった。楽しかったな』って思って帰ってもらうことを第一に考えて、っていうか、それだけを考えてればいいんじゃないの」

「………………」

由美子の言葉に、千佳は何かを言いかける。

しかし、口を開いただけで、それが言葉になることはなかった。

「って、あたしは先輩に言われたけどね」

由美子がそう続けると、千佳の肩の力が少しだけ抜けるのがわかった。

「渡辺、手、出して」

「……………？」

千佳は困惑していたが、大人しく手を差し出してきた。

由美子は自分の手で彼女の手を包み込む。

千佳の手はびくりと動いたが、引くことはなかった。

由美子の手の中でカタカタと震えている。

「不安だって言うのなら、お客さんの顔を見ればいい。お客さんの笑顔を見れば、あんたが持ってる不安なんて、きっとすぐに吹っ飛ぶよ。求められているものを、求められるままに出せばいい。そうすれば喜んでもらえる。それでも不安が消えないなら――、まぁ、隣のあたしでも見ればいいよ。ひとりじゃないって意識すりゃ、多少はマシになるでしょ」

「佐藤……」

「まぁあたしじゃ、頼りにならないかもしれないけど……」

偉そうに説教してみたものの、そこだけはどうにもならない。

説得力はないかもしれない。

実力も人気も、彼女の方が上だ。とても頼りにしてくれ、とは言いづらい。

けれど、千佳は由美子の手を振り払うことはなく、おずおずと握り返してくる。

彼女の手はひんやりと冷たく、由美子の体温が千佳へと流れていった。

「……………」

徐々に震えが収まってきた。体温を感じて安心したのかもしれない。

ちょうどそのとき、ドアがノックされ、千佳は手を離そうとした。

しかし、由美子はぐっと手に力を込めて離さない。

意図が伝わったのか、彼女から力が抜ける。

「時間です」

ドアを開けたのはスタッフだ。

返事をして立ち上がると、手を繋いだままスタッフの誘導に従った。

収録ブースに繋がる廊下を歩く。由美子が手を握ったまま先導し、千佳は黙ってついてきた。

扉の前に立つ。

「さ、行こ」

千佳に声を掛ける。

顔には変わらず緊張が走っているし、強張っている。

けれど、さっきよりは幾分マシだ。手の震えだって止まっている。

千佳は目に力を込めて、こくっと頷いた。足を一歩踏み出す。

由美子は扉を開いた。

「……おお」

収録ブースの外に、たくさんの人が見えた。

さっきまでだれもいなかった空間に、並んだ人が壁を作っている。奥が見えないくらいだ。人が列を作っていることだけがわかる。

ふたりが姿を見せた途端、彼らは顔をほころばせ、歓声と拍手で迎えてくれた。

待ってました！

楽しみにしてました！

そんな声が聞こえてくるようだ。途端、由美子はアイドル声優のスイッチがバチンと入る。にっこり笑顔で手をぶんぶんと振った。何人かが同じように振り返してくれて、また何人かが遠慮がちに小さく手を振ってくれる。

見なよ、渡辺。

こんなお客さんを前に、何を不安になることがあるの――、と隣を見て、

あ、ダメだ、と思った。

「だ、大丈夫よ、大丈夫……！」

千佳は笑顔でそう言う。

びっくりするほど引きつった笑みで、声の震えが止まらない。

収まっていた手の震えも元通りだ。ガタガタガタ！　とむしろ激しさを増している。

「あ、あなたの言うとおりだったわ。ぜ、ぜんぜん……ぜんぜん、へ、へいき」

さっきまでは多少落ち着いていたのに、お客さんを前にして色々なものが吹っ飛んだようだ。

……あぁ、仕方がない。

由美子は足を踏み出す千佳の前に、足を突き出した。

「え、あ、わっ――！」

由美子はぱっと手を離す。

足を引っかけられた千佳は、そのままド派手にスッ転ぶことになった。

顔面からびたん！　と衝突する。

「ふぎゃ！」と悲鳴が上がった。

ブースの外が一気にざわつく。

「あ、あなた、何を――」

千佳は顔を上げる。

地声が出かけていた彼女の前にしゃがみ、しぃ……、と唇に指を当てる。

お客さんには背を向けているため、由美子の声は千佳にしか聞こえない。

「見てなよ、渡辺。お客さんは怖がるものじゃない。勇気をくれる人たちのことを言うの」

千佳の返事を待たずに立ち上がる。

歌種やすみのスイッチを入れなおし、表情はぱっと明るく、元気よく声を上げた。

「みなさーん、こんにちはー！　早速なんですけど、ユウちゃんが緊張でカチコチになっちゃってるんです！　転んじゃうくらい！　ユウちゃんのために、皆さんの応援をくださーい！」

すぐさま彼らは反応を返してくれた。

「夕姫ー！」「緊張しないでいいよー！」「ゆっくりやってー！」「痛そうだけど大丈夫ー？」

そんな言葉が重なって降ってくる。すべてはこちらを慮るものばかり。

由美子は振り返り、こちらを見上げていた千佳に両手を振ってやった。

「ユウちゃーん！　だぁいじょうぶぅ？」

そう言いながら、全力でバカにしたような表情を作った。

同時に、千佳の顔が外から見えないよう隠してやる。

千佳の表情が憎々しげに歪み、ぎり、と歯を喰いしばるのが見えた。化粧じゃごまかしの利かない憎悪が浮き出る。

千佳もわかっている。由美子がどうしてこんな強硬策に出たのか。

だからといって、こんなやり方はないだろう、という抗議の声が聞こえてきそうだ。

しかし、今更あとには引けない。

ぴょーんとその場で軽快に立ち上がると、外に向かって両手を振った。

「皆さん、こんにちはぁ。ありがとうございますぅ。緊張してたんですけど、皆さんのおかげでほぐれてきました～」

ゆったりとした声でにっこり笑う。

先ほどのようなぎこちない笑みではなかった。

「いやー、よかった！　どうなることかと思ったよー！」

しかし、由美子がそう言うと、千佳は頬を膨らます。

「ぷんすか」という音が聞こえそうなくらいに、激しく両手を持ち上げた。

「待って、待ってよ、やっちゃあん！　皆さん聞いてくださいよぅ！　わたしがさっき転んだのって、やっちゃんが足を引っかけたからなんですよぉ！」

「やすみ、そんなこと、してない。ユウちゃん、何もないところで、転んだだけ」

「なぁんで片言なのぉ!?　もういいよ、お客さんに訊くからぁ！　みなさーん！　さっき、やっちゃんが足を引っかけたのを見た人ー！」

千佳が手を振りながら、お客さんに大きな声で問いかける。

すると、何人かの手が挙がった。

千佳は両手をぱっと広げて「ほらー！」と声を上げる。

「うん、ごめん、引っかけた。痛い思いさせちゃったね。ごめんね」

「素直に謝られるのは、それはそれで!?　なんかこう、納得いかないんだけどぉ！」

「緊張をほぐそうと思ってイタズラしたんだ。やすみとしては『おっとっと！』くらいで済むと思ってたんだけど、ユウちゃんがこんなに鈍いと思わなかったから……、ごめん」

「やっちゃんそれもうただの悪口だからぁ！　緊張してたわたしが悪いけどぉ！　もっと何かあるでしょお!?」

「はい、というわけで、始まりました、『夕陽とやすみのコーコーセーラジオ！』公開録音！」

「進行しないで！　まだ話終わってないよ、聞いてるぅ!?」

由美子のとぼけた態度とそれに憤る千佳のやり取りに、お客さんが笑ってくれる。

やわらかい笑い声に包まれる。

ちょっとしたボケとツッコミで笑ってくれるお客さんに、由美子は心底感謝していた。

無理矢理に引き出されたテンションとお客さんの笑い声に、千佳の硬かった動きもほぐれるのを感じた。もう安心だろう。

あぁ本当に世話が焼ける、と心の中で安堵の息を吐いた。

「ありがとうございましたー！」

「ありがとうございました～！」

ふたり揃って笑顔で手を振ると、お客さんから大きな拍手が送られる。

「やすやすーー！」「夕姫ーー！」と呼ぶ声が外からいくつも上がる。

そんなお客さんたちに見送られながら、由美子たちは廊下へと出て行った。

ふたりが廊下に姿を消すと、拍手の音は徐々に収まっていく。

ほう、と息を吐いた。無事に終わった。何事もなくてよかった、と脱力する。

あとで朝加ちゃんに褒めてもらおう……。

由美子がそう考えていると、急に身体を押された。

千佳が顔を伏せたまま、由美子の胸に頭を預けてくる。

「……どうしたの」

声を掛けても、彼女は何も答えない。

感極まったのだろうか。

イベントの成功に、お客さんの歓声に、やり遂げた達成感に。

あれだけ不安がっていたし、そうなってもおかしくない。意外とかわいいところがある。

何かしら声を掛けてあげようか、と由美子が口を開きかけると、「佐藤」と意外にもしっかりとした声を千佳が発した。

「あなた、所属はチョコブラウニーだったわよね」

「え？　……そう、だけど？」

なぜ、急に所属事務所の話を？

由美子が困惑していると、千佳はぱっと顔を上げた。

身体がくっつくほどの近距離で、真っ向から睨みつけてくる。意志の強い声で千佳は言った。

「そのうち正式にブルークラウンからチョコブラウニーに訴えるわ。御社の所属タレントが暴力行為を働き、イベントで弊社のタレントを辱めたってことをね！」

「ま、待て待て、なんでそんな話になるの」

何を大袈裟な、と由美子が呆れると、千佳は目を剝いた。

人差し指をこちらに突き立て、まるで牙をむくように声を荒げる。

「大袈裟!? あなた、あんな人前で人のことをスッ転ばしておいて、よくそんなことが言えるわね！ どれだけの大恥をかかされたか……！ 次に同じことをしたら、あなたとマネージャーのクビを頂くから。覚悟しておくことね」

「責任の取らせ方がえげつな……。あのさぁ、渡辺」

由美子はため息を漏らす。

もしかして、彼女は何もわかっていないのでは。一から説明すべきなのでは。その可能性に行きつき、脱力しそうになる。

仕方なく口を開いたところで、千佳がすっと身体を離した。

「もう二度としないで、って言ってるの。そうならないように、するから」

絞り出すように言うと、彼女は前を歩き出す。

由美子はふっと息を吐き、軽く首を振る。

彼女があんな失態を二度と見せないというなら、由美子だってあんなことはしなくていい。

意地っ張りな千佳らしいが、これは彼女なりの決意表明らしい。

しかし、あまりに素直じゃない。面白くない。

由美子は千佳の隣に並ぶ。

彼女はこちらを見ようとせず、前を向いたまま歩いていた。由美子も倣って同じようにする。

そして、一言告げた。

「ユウちゃん、ありがとう、助かりました、おかげさまで失敗せずに済みました！」

「どうもありがとう、ありがとうは？」

まるで自棄のように叫ぶ千佳は、顔を赤くして悔しさをいっぱいに押し出していた。

由美子は思わず笑ってしまう。

声を殺して笑う由美子に、千佳は口を曲げるが、文句を言うこともなかった。

しばらく笑ったあと、由美子は彼女にそっと拳を突き出す。前を向いたままだ。

千佳はそれをちらりと見るだけで、由美子の顔を見ようとはしない。

けれど、無言のままコツンと拳を突き合わせた。

「えーと、ラジオネーム、おっさん顔の高校生さん。『やすやす、夕姫(ゆうひめ)、おはようございまーす！』。おはようございまーす！」

「おはようございまーす！」

「『僕はおふたりと同じ学生です。最近の楽しみは、学校帰りに買い食いをすることです。おふたりは、普段買い食いってしますか？』……だって！　ユウちゃん、どう？」

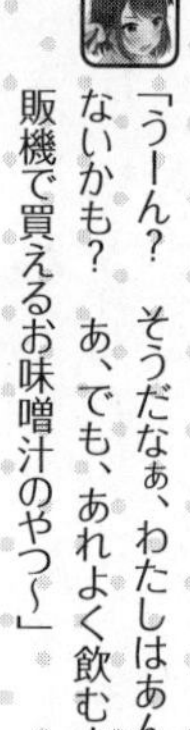
「うーん？　そうだなぁ、わたしはあんまりしないかも？　あ、でも、あれよく飲むよぉ。自販機で買えるお味噌汁のやつ～」

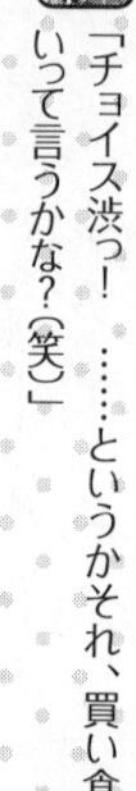
「チョイス渋っ！　……というかそれ、買い食いって言うかな？（笑）」

「言わないかぁ（笑）やっちゃんはどうなのー？　買い食いってするぅ？」

「やすみは結構するよー！　学校から駅までの間に、商店街あるでしょ？　……あ、ごめんねローカルトークで（笑）」

「ローカルだねぇ～（笑）商店街のどこ屋さん行くの～？」

「お肉屋さん！　コロッケがすっごくおいしくて、よく食べながら帰るの！」

「……うん？　コロッケ？　なんでお肉屋さんでコロッケ買うの？」

「え？　なんでって……、なんで？」

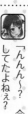

「んんん～？　今やっちゃん、お肉屋さんの話してたよねぇ？　あれ、コロッケ屋さんの話してたかな？　わたしの聞き間違い？」

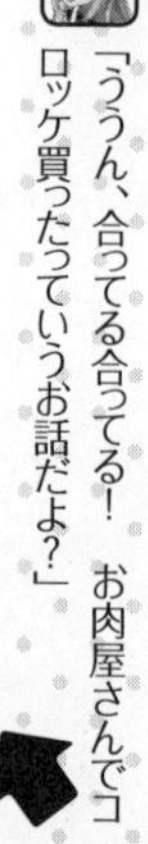
「ううん、合ってる合ってる！　お肉屋さんでコロッケ買ったっていうお話だよ？」

「お肉屋さんにコロッケは売ってないでしょう？」

「え？」

「へ？」

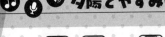

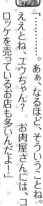

「…………。あぁ、なるほど、そういうことね。ええとね、ユウちゃん？　お肉屋さんには、コロッケを売っているお店も多いんだよ！」

「……ええ、うっそだぁ。やっちゃんが行ってるお店が特殊なだけだってぇ。お肉屋さんなんだもん、揚げ物が売ってるのは変でしょぉ？」

「そんなことないってば！　ほらー！　作家さんも『いや、普通に売ってる』って！」

「…………………うっそだぁ」

「本当だってば（笑）今度いっしょに行く？　学校帰りに寄ろうよ！」

「えぇー……、本当にあるのぉ？　だって、お肉屋さんだよぉ？　なんでコロッケ置くの～？」

「それはやすみに訊かれてもわかんないよ（笑）」

to be continued……

オッケーでーす、という声が聞こえたので、由美子はゆっくりとイヤホンを外した。

さっきまでエンディングのBGMが流れていたせいだろう、イヤホンを外すとブース内はやけに静かに感じる。

持参の水筒に手を伸ばす。喉を潤していると、向かいから声を掛けられた。

「──ねぇ、佐藤」

千佳は椅子にもたれかかり、睨むようにこちらを見ていた。相変わらず目つきが悪い。

衣替えを終え、今はふたりとも夏服──半そでのブラウスを着ている。

ブラウスの上にはサマーニット。由美子はキャラメル色、千佳は白だ。

彼女はひどく不機嫌そうに口を開いた。

「変なマウントの取り方やめてくれない？　変わった知識をひけらかして、人を嗤うだなんて随分じゃない。あなたのそういうところ、本当に嫌い。あんなやり方は番組にも迷惑でしょう。危うく放送事故だったわ」

「は？　いきなり何よ」

わけのわからぬ罵倒に、腹が立つ前に困惑する。何の話だ？

「……コロッケの話をしているんだと思うよ」

「あー、あの話？」

隣の朝加に言われ、ようやく合点がいった。コロッケの話ね。

由美子は肩を竦めながら、手をひらひらさせる。

「肉屋さんのコロッケね。いやー、渡辺さんがそんな常識も知らないなんて予想できなかったからさー、なんかごめんね。謝る謝る」

「……あなたの常識を押し付けないで頂戴。朝加さんは知っていたようだけど、普通はそんなの知らないわ。だっておかしいでしょう、お肉屋さんに揚げ物が売ってるなんて。聞いたことない。リスナーだって絶対知らないわ」

千佳はむきになって声を荒げる。

あーあ。「知らなかった」で済ませれば、傷は浅くて済んだのに。

さーて、どうからかってやろうか。

「……やすみちゃん、あんまりイジワルしないの。夕陽ちゃんもちょっと落ち着きな？」

朝加の仲裁に、由美子は唇を尖らせる。

「朝加ちゃんはやさしいねぇ」

その様子を見て、千佳が唇を引き結んだ。雲行きが怪しいことを察したようだ。

「精肉店にコロッケは普通にあるよ。ブースの外の人たちにも訊いてみよっか」

朝加が視線を調整室に向けると、満場一致で「普通にある」と返ってくる。

その瞬間、千佳の顔がカァッと赤くなった。

ガタッと椅子を引き、中腰になったところで朝加が慌てて声を上げる。

「い、いや、うん。わかるよ。確かに肉屋さんに揚げ物って変な感じはするし、そもそも利用してないなら、知らなくてもそんなにおかしくないよ」

まるで暴れ馬を制すように、朝加は両手を前にして、落ち着くように言い聞かせる。

千佳はぐぬぬ、と何とも言えない表情を浮かべていた。

そりゃあれだけ無知をひけらかしたあとだ。羞恥が渦巻いているに違いない。

けれど、このまま朝加が宥めれば、何事もなくこの話は終わりだろう。

そうはいかない。由美子は揶揄するように声を上げた。

「やーい、世間知らずー」

「――――ッ！」

千佳は耳や首まですっかり赤くし、屈辱に塗れた表情へと変わっていく。

「か、帰ります！　お疲れ様でしたっ！」

ヤケクソのように声を上げ、ばたばたと片付けを始める。

その様子を眺め、気の毒そうに朝加が口を開いた。

「……やすみちゃん。やめなよ、もう。小学生の男子みたいだよ？　女子高生が肉屋さんのことを知らなくても、別におかしくないって。それこそ、本当に連れて行ってあげたら？」

「やだ。あいつ絶対コロッケ買ったときに『フォークはないの？』とか言っちゃう人種だから」

「お箸ッ！　コロッケを食べるときは、お、は、し！」

千佳は最後にそんな大声を叩きつけると、扉を開けて出ていってしまった。

朝加と顔を見合わせる。

ふたり揃って、コロッケにかぶりつく動きをした。お箸は使わない。

「ね」

由美子が肩を竦め、朝加は苦笑いを返した。


そんな収録があった日から、数日後の放課後。

教室が解放感で包まれる中、由美子はのんびりと帰り支度を整えていた。

「そんじゃ、由美子。わたしバイトだから、お先～」

若菜は手をぱたぱた揺らして、そのまま小走りで教室を出て行った。

あたしも帰るか、と立ち上がると、クラスメイトの女子ふたりに声を掛けられる。

「ねぇねぇ、由美子。今日って暇？　今から遊びに行かない？」

「おー、行く行く。どこで遊ぶの？」

ふたつ返事をすると、彼女たちの顔が明るくなる。えっとね、と言葉を続けようとした。

「ごめんなさい。わたしが彼女に用があるから、今日は遠慮してもらえないかしら」

冷ややかな声にぎょっとする。

帰り支度を整えた千佳が、なぜかすぐ近くに立っていた。

そのうえ、わけのわからないことを彼女たちに告げている。

「……え、あ、そうなんだ。……じゃあふたりで行ってくるね？」

由美子が困惑しているうちに、女子ふたりは逃げるように立ち去っていった。

由美子はしばらく呆然としていたが、上げた腰を元に戻す。「なんなの」と千佳を見やった。

「佐藤。もう帰れるの？　帰り支度はできた？」

「帰れるけどさ。用って何よ」

仕事の話だろうか、と大人しく彼女の言葉を待つ。

尋ねるとなぜか、千佳はその場で深呼吸をし始めた。

なんだ。なんなのだ。由美子が戸惑っていると、彼女はばん、と机を叩く。

「いった……」

「……何がしたいの、あんた」

机を強く叩きすぎたらしく、痛そうに手を擦る千佳。

それに呆れた目を向けていると、彼女はもう片方の手を机に置いた。

彼女は目に力を込めて、思い切ったように口を開く。

「つ、付き合ってほしいところがあるんだけど」

「は……？　渡辺が、あたしに？　いやいや、なんであたしが……」

「いいからっ。ほら、鞄持って」

千佳は落ち着きをなくし、困ったように言う。明らかに空回りしていた。

どういった理由かわからないが、千佳が誘いをかけるなんてよっぽどのことだろう。

別に付き合う義理はないし、突っぱねてもいいけれど……。

「はぁ……、もう。はい、鞄持った、立ちました。これでい？」

好きにしてくれ、と言う通りにする。

すると、次の瞬間、千佳が由美子の手を掴んだ。

え、と声を上げてしまう。

優しく包まれ、そのまま引っ張られる。

転びそうになり、つい千佳の手をぎゅっと握り返した。

ちらりと千佳がこちらを見る。しかし、何も言わずに由美子を引っ張っていく。

由美子はなんとなく抵抗できずに、手を繋いだまま廊下を歩いた。

小さな手だった。女の子らしく、細くしなやかな指先に目がいく。しっとりと柔らかかった。

公録のときにも手を繋いだが、あのときは観察する余裕もなかった。手は変わらず冷たい。

緊張のせいかと思っていたが、どうやら元々体温が低いらしい。少しだけ心地よさを感じる。

「……あまりぎゅっとされると、痛いのだけど」

「え。……あ。ご、ごめん」

慌てて手を離す。どうやら、つい力を入れてしまったようだ。

「別に握っていてもいいわよ。手を繋ぎながら下校だなんて、いかにも仲良しって感じだし」

「……イベントじゃあるまいし、別に仲良く見せる必要なんてないでしょ。それより渡辺、用ってなんなの。ラジオの……」

由美子が言いかけると、彼女は「しぃ……」と人差し指を唇の前に立てた。

「学校でそういう話をしたくないから、こうやって連れ出しているの」

学校から離れると、周りから徐々に人が減ってきた。これなら、話をしても問題なさそうだ。

「で？　なんであたしはこんなふうに連れ出されてるの」

「コロッケ」

「は？」

「コロッケ。……お肉屋さんに、連れて行ってくれるって言ったじゃない」

千佳は視線をこちらから逸らし、ぼそりと呟くように言う。

そんな千佳の言葉に、驚きと呆れの感情が湧いた。変なところを真に受けるなぁ。

「言ったけどさぁ。本気だったわけじゃないんだけど……、それとも渡辺。あんた、コロッケ食べたかったわけ？」

「いいえ。コロッケって好きか嫌いかで言ったら、どちらでもないもの。ただ、ラジオで行くと言った手前、行かないといけない、って感じただけよ」

「律儀だねぇ……。そこまでする必要もないと思うけど」

言いつつ、由美子は髪を指に絡める。

あのときの言葉に意味などない。その場限りの楽しいトーク、現実味の薄い身軽なお話として話しただけだ。次の収録でも、きっと触れることはなかっただろう。

言外の「わざわざ実行しなくてもよくない？」というニュアンスに気付いたのか、千佳はちらりとこちらを見上げる。

「声優としてのわたしたちって、普段の自分とはかけ離れているでしょう」

「まぁ別物だね。嘘だらけって感じ」

「そう。嘘だらけなのよ。ならせめて、その嘘を少なくする努力はしたいの」

千佳は前を向いたまま、独り言のように呟く。

その横顔からは何の感情も読み取れなかった。

彼女の言葉は意外なような、そうでもないような、何ともふわふわとした感触を与える。

「……偉いね」

ぽつりと呟いた言葉に、由美子は自分で驚いた。

やばい。こんなことを言えば、きっと彼女はまた嫌味のひとつでも返して来るだろう。

千佳は目を見開き、由美子を見たまま固まってしまう。

けれど、口から出た言葉は嫌味ではなかった。

「……いえ、そんなことは。別に」

視線をわずかに逸らし、ごにょごにょとしている。

そんな意外な反応をされると、こちらとしては何も言えない。

何とも気恥ずかしい沈黙がふたりの間に流れた。

しかし、千佳がふっと息を吐くと、表情に影が差す。

次に口にした言葉からは、暗い感情が滲み出ていた。

「本当は嘘を吐くこと自体、やめたいのだけど。キャラを作るのも、アイドルみたいなことをするのも、本当はもうやめたい。声だけの仕事に専念したいのに」

これは独り言なのだろう。思わず出てしまった、という愚痴だ。

普段の千佳を見ていると、あんなふうにキャラを作るのは苦痛そうだ。特に意外でもない。

けれど、ここで「大変だよね」と言ってあげるような間柄でもない。千佳も望んではいないだろう。

聞かなかったことにして前を向いた。

目的の場所にはすぐに着く。

なんてことはない、本当にただのお肉屋さんだ。

商店街の精肉店。大きなカウンターの中にたくさんの肉が並び、部位や値段が書かれた札がともに置いてある。奥には店員さん。お客さんとお話しながら肉を包んでいた。

店から少し離れたところで足を止め、「ここ」と指差す。

すると、途端に千佳の顔が険しくなった。

「……佐藤。ここ、普通のお肉屋さんなんだけど」

「だからそう言ってるでしょうが」

ため息を吐きつつ、由美子はお店に近付く。

店員のおばちゃんが由美子に気が付くと、顔を明るくさせた。

「あら、今日はお友達といっしょ？」

友達じゃねーです。

「そうそう。だから今日は、コロッケ二個ちょーだい」

由美子が指を二本立てると、おばちゃんはコロッケを手早く耐油袋に入れてくれた。その間に料金をレジの横に置く。

「はいよ。さっき揚がったばかりだから、あつあつだよ」

「おー、やった。ありがとね」

コロッケを受け取り、突っ立っている千佳の元に戻る。

彼女は目を丸くして、ぼそぼそと呟いた。

「本当にコロッケがでてきた……」

「ほれ。六十円な」

「しかも安い……」

呆然としながら財布を取り出し、小銭を渡してくる千佳。

それを受け取る代わりに、コロッケを手渡す。

彼女はまじまじとコロッケを見つめ、本当に不思議そうにしていた。「食べていいの？」と目で訊いてきたので、どうぞ、と手振りで伝える。千佳は遠慮がちに口を近付けた。

「あ。揚げたてらしいから、気を付けて食べなさいよ」

「……子供扱いしないで頂戴。いただきます……、あむ。あっつッ！」

「あんたさぁ……」

人の格好を頭が悪そうだの何だの言うくせに、よっぽどこっちの方がアホではないか……。

由美子が呆れていると、千佳はほくほく口を動かしながら、首を振った。

「ち、違うわ。温かいって言ったのよ……」

小さな口から白い湯気が漏れる。ほふほふ、と何度も繰り返し、すったもんだの末にようやくごくんと飲みこんだ。

そうして、千佳の動きがぴたりと止まる。じぃっとコロッケを見つめていた。

「おいしい……。こんなにおいしいコロッケ、初めてかも……」

「揚げたてだしね」

そう言っても、聞こえているのか、いないのか。黙って二口目に取り掛かっている。熱そうにほふほふしながら、満足そうにコロッケを味わっていた。こういう姿は可愛げがある。

普段からこうだったらなぁ、と思いながら、由美子もコロッケにかじりついた。

ザクッ、と景気のいい音が響く。湯気が吹き出して、口の中に熱いものが飛び込んできた。ほふほふと転がす。衣のサクサクとした歯ごたえのあと、ジャガイモの香りと味が一気に広がった。それが熱々なのだから堪らない。

「……本当においしいわね、これ。晩御飯に買っていこうかしら」

「あぁ……、楽でいいな。あとはキャベツを千切りにして、みそ汁つけて、それから何がいいかな……」

頭の中で食卓を思い浮かべる。

コロッケをメインに据えると、周りをどう揃えたものか。主菜ではなく一品追加、という形で割り切ってもいいが……。

由美子が主婦の頭を動かしていると、千佳はきょとんと首を傾げた。

「コロッケだけでいいじゃない」

「晩御飯の話でしょ？　コロッケだけっていうわけにはいかないでしょ」

「だから……、コロッケとご飯」

「コロッケとご飯！」

無骨すぎる。

「晩御飯におかずはコロッケだけって寂しいでしょ」という意味で言ったのだが……。

白い皿に置かれただけのコロッケと、無造作に盛られた白飯が思い浮かぶ。キャベツもなし。

色合いの乏しさに目頭が熱くなりそう。

しかし、千佳はそれをおかしいと思わないようで、訝し気に言う。

「おかずにコロッケ、それとご飯よ？　十分じゃない」

「食事が哀れなほど雑すぎる……、男子大学生じゃないんだからさぁ……。渡辺ってそんな食生活してんの？　そんなんだから、おっぱい育たないんじゃないの」

「お、おっぱいは関係ないでしょう……」

千佳はむずむずと身体を動かし、胸をそっと腕で隠す。

そこには哀れなほど膨らみがない。

普段の仕返しとばかりにそれをイジってもいいが、さすがにちょっと可哀想になる。

ザクッ、とコロッケをかじりながら、慈悲で話題をずらした。

気になることがあったのだ。

「もしかして、ごはんって渡辺が自分で用意してるの？」

「そうね。うちは母が仕事で帰ってくるのが遅いから。お互い、自分の分は自分で用意しているわ。わたしも母も、あまり自炊するタイプではないけれど」

なるほど。彼女の家庭も、由美子の家と似た部分があるようだ。

そういうことなら、気になることがまた増える。

しかしそれは、少しばかり踏み込んだ質問だ。訊くのを躊躇う。

けれど、千佳はその考えを読んだかのように、目線を合わせずに言葉を続けた。

「父はいないわ。わたしが幼いときに離婚したから。今は母と二人暮らし」

「…………………」

由美子が訊くのを躊躇った事柄を、千佳はあっさりと言う。驚きは二重だ。千佳が複雑な家庭環境を教えてくれたこともそうだが、境遇が本当に似ている。

「……そんなに驚かなくても。シングルマザーなんて、そう珍しくもないでしょうに」

千佳が不審そうに言うものだから、自分がそんな表情をしていることに今更気付いた。

取り繕うように頬に手を当てる。

「いや、そんなふうに内情をあたしに話すのが意外だったから」

「ラジオで話を振らないでっていう意味よ。答えられないから。それより」

千佳はじろじろと無遠慮な視線を向け、疑わしそうに口を開いた。

「さっきの物言い。もしかして佐藤も自分でごはんを用意しているの？」

「ん？　あぁ、そう。うちもシングルマザーで、親が夜はいないから」

由美子の言葉に、千佳は少しだけ目を見開いた。ふぅん、と興味深そうに声を上げる。

しかし、そんな顔はすぐに消えた。

肩を竦めて彼女は言うのだ。

「わたしの食生活に苦言を呈していたけれど、佐藤はどうせもっとひどいんでしょう？　毎日ハンバーガー？　それとも、フライドチキン？　変な色のドーナツ？」

「それギャルじゃなくて、ジョークに出てくるアメリカ人か何かでしょ……。言っておくけど、あたしは基本的に自炊するから。料理できるから。コロッケだったら、カニクリームコロッケだって自作するっつーの」

思わずそう言ってみたものの、カニクリームコロッケの面倒さは千佳には通じなさそうだ。料理ができない相手には伝わらない。

しかし、意外にも千佳は驚いていた。すごいじゃない、と珍しく素直に褒めてくる。

「コロッケって家で作れるものなのね」

「あぁなるほどねぇ、そこからかぁ、そうかぁ」

やはりコロッケご飯の女は言うことが違う。もう料理の話はすまい。

千佳はまだ感心していて、「これを家でねぇ」とコロッケを眺めている。

そして再びコロッケにかじりつこうとしたが、途中で止まった。

しまった、と苦虫を嚙み潰したような表情を浮かべる。

「なに」

「……忘れていたわ。ツイッターに写真を上げようと思っていたの。あなたとコロッケを食べた証拠写真。マネージャーから、もっとそういうツイートをしろって言われているのに」

「あぁ……」

ほかの声優との交流をSNSに上げることは結構多い。真っ当なファンサービスと言える。

そういう写真はファンも喜ぶ。

そして何より、彼女のマネージャーが指示した理由も由美子にはよーくわかる。

コロッケを口で咥え、由美子はスマホを取り出した。

ツイッターの画面を呼び出し、千佳――夕暮夕陽のアカウントを開いた。

そこには彼女のツイートが並んでいる。

『朝です。今日は天気がいいね。学校行ってきます』

『夕方。まだ天気がいいよ。今から収録行ってくるね』

『夜。くもり。明日は雨らしいよ』

「渡辺のツイッター、死ぬほどつまんねぇもんね」

「何書けばいいかなんてわからないのよ！」

悲痛な叫びが彼女の口から漏れる。

それにしたってこれはひどい。天気と時間の話しかしていない。

いや、天候の話で『まだ天気がいい』という表現を使う奴は見たことないが。

「なんかこう……、好きなアニメの話とかしたら？」

「してたわよ。それこそ、『鉄のゴルド・ラ』の話とか。佐藤も観てないなら観た方がいいわよ。あれはまさしくアニメの歴史に残る大名作よ。第一話でトワイライトが動き出したときの心の震えっぷりと言ったら……」

「はいはい、それはいいから。普通にそういうこと呟けばいいのに、なんでやめちゃったの？」

「古参気取りのクソオタクどもから『媚びるな』みたいなリプが届くようになったから」

「…………………」

それは普通に可哀想だけども。

積年の恨みがあるのか、口の悪さがすごい。同じ神代アニメオタクなのに……。

「好きなロボットについてツイートしたら、『では、この機体の動力源をお答えください。答えられないのならファンとは認めません』っていう勝手にクイズマンとかもいたわ」

「勝手にクイズマン」

「舐められるのも腹立つし、ちゃんと答えるんだけど、正解しても何もないの。代わりに間違えたらめちゃくちゃリプが飛んでくるわ。わたしは好きなアニメの話をしたいだけなのに……」

「もういい、渡辺。もういいから。もっと楽しい話をしよう？」

「そうね……。せっかくおいしいコロッケも食べられたのだし……。このコロッケの写真を上げられたら、ベストだったのだけれど」

千佳は手に持ったコロッケを見つめ、困ったように眉を寄せた。

コロッケは半分近くかじられている。

「……いや、いいんじゃないの？　それ写真に撮って、ツイッターに上げちゃえば」

「いえ、でも。これ、食べかけよ。あんまり人様に見せられるものじゃないでしょう」

「そうかもだけど、渡辺の食べ方綺麗だし。コロッケって割って中身を見せて、写真を撮ったりするでしょ。そんな感じに見えなくもないよ」

由美子の言葉に、そうかしら……、と千佳はコロッケを見つめた。ふらふらと空中を行き来させる。うん、と声を上げると、いそいそとスマホを取り出し始めた。

その背中に軽口を投げ掛ける。

「それに、食べかけだったら、きっと『夕姫の食べかけ美味しそうですぺろぺろぶひひ』みたいなクソリプ飛んでくるっしょ」

「…………………………。やめてね」

ぴしり、と固まったあと、絞り出すような声でそう言われてしまった。

割とアレなリプライを受け取りがちなのかもしれない。由美子だったら、気持ち悪ぃなこいつゲラゲラで済むけれど、千佳はいかにも潔癖そうだ。ちょっと反省する。

「こんな感じで……、よし」

パシャリとシャッター音が鳴る。

満足そうに画面を見つめているので、由美子は皮肉気な笑みを浮かべた。

「あたしに感謝しなさいよ。世間知らずのお嬢ちゃんを、わざわざ連れてきてあげたんだから」

千佳はむっとして、言い返そうと口を開きかける。

が、言葉を紡ぐことはなかった。

口元をスマホでそっと隠すと、顔を逸らす。

そうしてぼそりと言った。

「……そうね。付き合ってくれて、どうもありがとう。コロッケおいしかったわ」

由美子は目をぱちくりさせる。

千佳が素直に礼を言うなんて、珍しいこともあるものだ。

よくよく見ると、彼女の頬が赤くなっていた。

きっと言い慣れてないせいだろう。これはからかい甲斐がある。

急に何よ。あんたがお礼を言うなんて、今日最終回なの？

お礼を言うだけで照れるなよ。なけなしの勇気振り絞った？

無理矢理連れてきたくせに、付き合ってくれて？　日本語はただしく使いな？

「……うん。どういたしまして」

自分でも考えられない返事をして、言ってから動揺する。

何を素直に答えているんだろう！　そんな義理はないはずなのに。

自分自身に戸惑っていると、さらに嫌な反応が起きた。

体温が上がっている。顔が赤くなるのを自覚してしまう。

……照れてる！　あたしまで！　慌てて、千佳に見えないように顔を逸らした。

「…………」

「…………」

お互いに顔を赤くしながら、そっぽを向く。

何をしているんだろう。由美子は頬に手を当て、むにむにと動かした。


「ただいまー」

「あ、おかえりー」

家に帰ると、出勤前の母が居間で化粧をしていた。すっぴんでも若く見えるが、メイクをすれば高校生の子供がいるとは思えない。以前はよく化粧の仕方を教えてもらったものだった。

「あれぇ？　由美子、買い物してきたの？」

母が由美子の方に首を傾ける。そこで、手に持っている袋を思い出した。

「あぁ……。コロッケだよ。今日の晩御飯にしようと思って」

「へぇー？　珍しいね？　コロッケ買ってくるなんて」

母の言葉に、あぁ、だとかうんだとか、曖昧な返事をする。

「あ、わかったー。先週のコーコーセーラジオでお肉屋さんに行くって言ってたからだ」

「いや、正解なんだけどさぁ……、娘のラジオ番組を聴き込むのやめてくれない？」

※　※　※

「ひどい動画だなぁ、これ」

木村は自室でひとり、パソコンを観ながら呆れた声を出していた。

『事務所の前で、夕姫を出待ちしてみた』

夕暮夕陽の所属する事務所の前で、ひたすら夕陽が現れるのを隠し撮りしている動画だ。

しかし、動画の中に夕陽は現れなかった。

素の夕姫が観られるかも、と期待したのに、とんだ拍子抜けだ。

「清水はそういうところが二流なんだよなぁ」

『夕暮の騎士』という名前の投稿者は、本名を清水と言う。

木村と同じ高校の生徒で、一年のときは同じクラスだった。

『俺も夕姫めっちゃ好きなんだよね。マジで追っかけやってる。付き合いてーわー』

木村が夕姫を好きだと知ると、清水はわざわざそんなことを言ってきた。

イベントには積極的に参加して出待ちを繰り返し、こういう動画を時折撮っている。

「ふん……、イベントに行くだけが、愛じゃないさ」

本当のファンというのは、いかに本人を理解しているか、だ。

きちんと理解を深めるために、木村は夕暮夕陽のツイッターを眺めていた。

『コーコーセーラジオで言ってたお肉屋さんのコロッケ。やっちゃんが連れてきてくれたよー』

画像付きのツイートだ。そういえば、ラジオでコロッケがどうの、と言っていた。

「『その食べかけのコロッケを言い値で買おう』……と。リプライできた。……ん？」

面白いリプライを飛ばせた……、とにやにやしていたら、写真に気になる箇所を見つけた。

目を凝らしてじぃっと見る。

コロッケをつつむ耐油袋。そこにプリントされたロゴマークに、見覚えがあったのだ。

「これって……、学校近くのあの店じゃないか……？」

呆然と呟く。慌てて画像を拡大し、ほかの箇所をよく見る。

コロッケのアップ写真ではあるが、店の佇まいが少しだけ写り込んでいた。

――やはりこの店、見たことがある！　学校近くの商店街にある店だ！

どくん、と心臓が強く鳴った。身体中が痺れるような感覚に陥る。ふわふわして、マウスを持った手が自分のものじゃないように感じた。知らずに喉が鳴る。

急いで、前回のコーコーセーラジオを聴きにいく。

「やすみは結構するよー！　学校から駅までの間に、商店街あるでしょ？　……あ、ごめんね
ローカルトークで（笑）」

「ローカルだねぇ〜（笑）商店街のどこ屋さん行くの〜？」

「お肉屋さん！　コロッケがすっごくおいしくて、よく食べながら帰るの！」

やはりそうだ。商店街と言っている。

手汗まみれになったマウスを動かし、駅名を検索して地図を表示させる。

「ゆ、夕姫とやすやすが、こ、この辺りの学校にいる……？」

息が荒くなり、どうしようもない興奮が自分を満たす。

この一帯のどこかの高校に、ふたりは登校している！　自分と同じように！

それは一体どこだ⁉

もし、ふたりの高校を特定できたら、これはとんでもないことだ。

ぜひ接触したい。近くで見てみたい。話してみたい！

ほかにも情報がないだろうか。木村は急いで、ラジオのバックナンバーを聴き始めた。

BLUE CROWN

Talent Profile

BLUE CROWN

# 夕暮夕陽

【ゆうぐれ　ゆうひ】
Yuhi Yugure

生年月日：20××年3月15日

趣味：読書・アニメ鑑賞

**担当コメント**

「劇団で積んだ舞台経験を生かしたハツラツとした演技が特徴です。現在放送中の『黒剣の宣言者』では、物語のかなめとも言える敵役として出演しており、普段のおっとりした天然系のキャラクターからは想像もつかない重みのある演技を展開しています。どんな役でもそつなくこなす幅広い声帯を持つ期待の大型新人です。」

【TVアニメ】

『不正解の不知火さん』（女子生徒）

『殲滅戦線―a black reminiscence―』（子供A）

『コノハナエガオ』メインヒロイン（宮下鬼灯）

『君はきっと覚えている』サブヒロイン（エイラ・リュブリュー）

『異世界から戻った妹が最強の勇者になっていた』メインヒロイン（椎名葉月）

『超絶伸縮まりもちゃん』サブキャラクター（琉球みりも）

『黒剣の宣言者』メインキャラクター（新見涙香）

『指先を見つめて』メインヒロイン（鳴宮雪乃）

【ラジオ】

『異世界から戻った妹が最強のラジオパーソナリティーになっていた』

『超絶ラジオまりもちゃん』

SNS ID：×yuhi-yugure_bluecrowm

連絡先

株式会社ブルークラウン

TEL:00-0000-0000　MAIL:support001@bluecrown.voices

# NOW ON AIR!! 第10回

「ラジオネーム、二階からお薬さん〜。『夕姫、やすやす、おはようございまーす！』おはようございまーす！」

「おはようございまーす！」

「『僕は高校三年生なのですが、卒業式を思うと憂鬱です。僕の苗字は相浦で出席番号は一番なのですが、クラスはなんと一組なんです。卒業式では僕が一番に名前を呼ばれてしまいます』。あー、なるほどぉ。相浦さんかぁ、それは一番になっちゃいますねぇ〜(笑)」

「相浦さんってなかなか戦闘力高いよね(笑)」

「『僕はすぐに緊張するので、一番目という大役をこなせるとは思えません。そこでお聞きしたいのですが、やすやすはこういう経験ってありますか？　やすやすの苗字は歌種で、僕と同じあ行です。クラスは一組、出席番号が一番になったこともあるんじゃないか、と思ってメールしました。その点、夕姫は羨ましいですもんね』。……こ、これは……(笑)」

「う、うーん……、やすみたちも一組ではあるんだけどー、ええとね、これ芸名なんだ！　(笑)　本名じゃないから大丈夫！(笑)」

「うん、普段はもっと地味ぃ〜な名前で過ごしてるから〜(笑)本名でもわたしは後ろの方だしねぇ。だから、ふたりとも大丈夫ですよー(笑)……。え？　あれぇ、もうメール終わり？　まだ時間残ってないですか〜？」

「ユウちゃん、告知告知！　今日は告知あるから！」

「あ、そっか！　実はですね〜、今日は、なんと〜？　皆さんに大発表があるんです〜！」

「びっくりしますよー！　大・発・表です！

なんとなんと！　みんな大好きな、あの声優さんが関係していることなんです！　……さぁ、だれでしょう！」

「……わかるかな？（笑）」

「……いやぁ、難しいかも（笑）さぁユウちゃん！　言っちゃってください！」

「なんと、なななななんと～！　あの、桜並木乙女さんです～！」

「いえー！　ぱふぱふ！　さくちゃーん！」

「さて、その桜並木乙女さんと！　わたし、夕暮夕陽と！」

「歌種やすみが！　なんと、なんとぉー！」

「――――――――」

to be continued……

『あー、由美子か。今日ラジオの収録日だろ。そのあとにちょっと時間作れるか？』

そんな電話が掛かってきたのが今朝のこと。

いつものようにラジオの収録を終えたあと、由美子は指定された喫茶店にいた。

シックな雰囲気の落ち着いたお店で、客は多いが騒がしさはない。

席についてその空気を楽しんでいると、待ち人はすぐにやってきた。

「おー、由美子。おはよう」

由美子にひらひらと手を振るのは、黒いスーツ姿の女性。

高級感のあるジャケットにパリッとしたブラウス、スキニーパンツ。ウエストは締まっているのにバストは程よく大きく、身体のラインが実に綺麗だ。髪は後ろでまとめられている。

化粧も丁寧だ。ぱっちりとした瞳に淡い色のリップ、仄かに頰を彩る赤。

そしてオシャレなサングラス。それが妙に似合っている。

「加賀崎さん、久しぶり。最近ぜんぜん様子見に来てくれなかったからさ、寂しかったよ」

由美子は彼女に笑いかける。

このばっちり決めた綺麗なお姉さんは、由美子のマネージャーである。

名前は、加賀崎りんごという。

声優のマネージャーは、その忙しさゆえに常に声優に付き添っているわけではない。

由美子も直接会うのは久しぶりだった。

加賀崎はにっと笑うと、由美子の向かいに座る。

外で吸ってきたのか、煙草の匂いがふわりと香る。由美子はこの匂いが嫌いではなかった。

「ごめんごめん。最近、ちょっと前に入った新人が潰れちゃってな。そいつの担当を何人か面倒見る羽目になったから、忙しくて忙しくて」

「またぁ？　チョコブラウニーのブラック加減、なんとかならないの？」

「全くだ。あたしもずーっと走りっぱなし。いっそだれかが倒れてくれりゃあ話が早いんだが」

わはは、と恐ろしいことをあっさり言う。

そんな物騒な話をしていると、店員さんが注文を取りにきた。

メニューも見ずに加賀崎は口を開く。

「あぁ、あたしはブレンド」

「あ、あたしも同じのください」

加賀崎の注文に重ねる。以前はコーヒーをほとんど飲まなかったが、加賀崎といるときに飲むようになっておいしさがわかり始めた。

「あぁ、由美子。晩御飯は食べた？　まだなら好きなもの食べろよ。ここ何でもおいしいし。ガッツリ腹減ってるなら店変えてもいいけど」

「んー。加賀崎さんが食べるなら食べる」

「りんごちゃんはもう済ましちゃったんだな。遠慮はするなよ。こういうときに喰っとけ」

「あぁじゃあいいよ。どっちにしろ、ママの分は作らなきゃいけないいし。ありがとね」

「いい女だねぇ……、あ、すみません。じゃあ以上で」

店員さんが離れてから、加賀崎はゆっくりと口を開く。

「由美子、仕事決まったぞ」

「やたっ」

小さくガッツポーズを取った。

予想はしていたが、実際に口にしてもらえるとちゃんと喜べる。

頑張ってオーディションを受けた甲斐があった。

「どれどれ？　どの役に受かったの？」

由美子は顔をほころばせながら、加賀崎をせっつく。

加賀崎は微笑ましいものを見るような目を向けたあと、手帳を取り出して口を開いた。

「えー、秋放送開始予定のテレビアニメ『紫色の空の下』の三女、西園寺アキ役だ」

「え、マジ⁉　準主役じゃん！」

『紫色の空の下』は深夜に放送されるヒロインアニメで、三姉妹の物語だ。

主人公は長女の西園寺ハルだが、次女、三女ともに準主役といっていいキャラクターだ。

つまり良い役。

わざわざ加賀崎が直接伝えにきてくれたのだから、それなりに良い役だとは思っていたが、ここまでとは思わなかった。

由美子が浮かれている間にも、加賀崎は話を進めていく。

「当初の予定通り、オープニング曲もメインキャスト三人でユニットを組んで録るから。イベントや特番もあるから、その辺も意識しておいてくれ」

やはり大きな仕事だ。忙しくなってきた、とまでは言えないが、すごく嬉しい。

「あ、そうだ！　ほかのふたりはだれに決まったの？」

これも重要だ。

これからしばらくは行動をともにする声優ふたり、それがだれなのかはもちろん気になる。

加賀崎は手帳に視線を落としたまま、あっさりと言った。

「主人公の西園寺ハル役は、桜並木乙女」

「嘘ぉ⁉」

裏返った声が店の中に響いてしまい、由美子は慌てて口を手で押さえた。

今や、桜並木乙女は人気声優であり、どこにでも引っ張りだこだ。彼女とユニットを組みたい声優なんてごまんといるだろう。

あの夕姫でさえ、桜並木乙女の人気の前では容易く吹き飛ぶ。

やすやすは言うまでもない。

由美子が絶句している間に、店員さんがブレンドを置いていった。

「……いただきます」

落ち着くためにカップを手に取る。

口に含むと、心地よい苦みが熱とともに口の中を転がり、香りが一気に広がっていく。

おいしい。ちょっと落ち着いた。

「乙女姉さんかぁ……。あたしは嬉しいけど、スケジュール大丈夫なのかな」

「知らん。まぁ事務所も売れるときに売っておきたいから、相当詰め込んでるんだろうよ」

そう言ってから、加賀崎もコーヒーを口に含んだ。

この業界は人気商売だ。声優側も人気のあるうちに仕事をこなしたいし、制作側も人気があって露出の多い声優を使いたがる。結果的に多忙になる。

それはきっとありがたいことだろうけど、乙女は大丈夫だろうか。

ただ、打算的にも私情的にも、彼女と仕事ができるのは嬉しい。

ユニット活動に勢いが出るし、彼女に会うのは純粋に楽しい。いいこと尽くしだ。

しかし、そんな由美子の気持ちに水を差すように、加賀崎は言葉を続けた。

「次女の西園寺ナツ役は、夕暮夕陽」

「――――」

「どうした」

急に黙り込んだ由美子に、加賀崎が訝し気に声を掛ける。

由美子は、考えがまとまらないまま、思ったことを口にした。

「……これ。あたし、実力で選ばれたのかな」

疑問に思ったのはそこだ。

桜並木乙女と夕暮夕陽に並んで、歌種やすみが立っていることに違和感を覚えた。

歌種やすみは、夕暮夕陽や桜並木乙女と肩を並べる実力も人気もない。

こう言ってはなんだが、『西園寺アキ役は歌種やすみしかいない！』と言える演技がオーディションでできたとも思えない。

しかし、実力以外のところが考慮されているならば。

「どうだろうな。そう疑問に感じたってことは、由美子にも思うところはあるんだろ。でもそれは、考えて答えが出ることでもないし」

加賀崎は素っ気なく言ってから、コーヒーを口にする。「ただまぁ」と続けた。

「あのふたりと遜色ないアイドル声優が欲しかった、というのはあるかもしれない。見た目ならお前は負けてないよ。並べば華も出るだろう。イベントやら特番やらで露出が多いのが前提の仕事だ。『見た目が良くて動ける奴』だってことを評価された可能性はある」

カップの中に視線を落としながら、加賀崎は続ける。

「それにお前は、桜並木とプライベートで仲が良いし、夕暮とはラジオもやっている。声優ファンはそういう関係性が好きなのも多いからな。その辺りも関係しているかもしれない」

カップをテーブルに置いてから、加賀崎は無慈悲に淡々と言った。

見た目が良いから。

ほかの声優と仲が良いから。

由美子がこの仕事を取れたのは、そこが重要視されたから。

なんだそれ、と思う。

演技でも何でもないところを評価されても困るし、惨めになるだけだ。

千佳を思う。ともにラジオをやり、今回は同じアニメに同等の役で出演する。

少しは差が縮まったと思ったのは気のせいで、遥か先に彼女はいる。

せっかく大きな仕事がきたのに、こんな気持ちになるなんて。

けれど。

由美子は熱いコーヒーをぐっと飲む。上品な香りを乱暴に押し込める。

カップをテーブルに戻してから、ふぅ、と息を吐いた。

「……見た目でも関係性でも何でもいい。仕事は仕事。これで評価されたらあたしのものだ」

「良い子だ」

加賀崎は嬉しそうに笑う。

きっかけは何であれ、これがチャンスなのは間違いない。

今の自分に分不相応な仕事でも、それを糧にすればいいだけの話だ。

加賀崎は手帳に視線を戻すと、ページを捲りながら口を開く。

「それと、オープニング曲のリリースイベントも決まった。ミニライブをやるから、体調には普段以上に気を遣ってくれ。箱はもう押さえたからな。スケジュールも三人とも押さえた」

「へ？　リリイベ？」

突然の話に面食らう。

そんな由美子を知ってか知らずか、加賀崎はリリイベの日付と会場を伝える。

「は？　そんなでっかいとこでやるの⁉」

会場の規模を聞いて、つい大きな声が出てしまった。

このアニメは現段階ではどう転がるかわからない。成功するかは未知数だ。

そんなアニメの主題歌のリリイベで押さえる会場ではない。

しかし、加賀崎はしれっと「桜並木がいるんだから埋まるだろ」と言う。

「まだ確定じゃないけど、イベントの数も増えると思う。最初の露出を増やして、アニメが終わったあとも活動できるのが理想だな」

「……加賀崎さん、なんかやった？」

加賀崎はわずかに笑みを作ったが、何も言わずにカップを口に運ぶ。

ゆっくりと味わってから、口を開いた。

「コネと貸しっていうのはな、多ければ多いほど役に立つんだ」

……なにかやった、らしい。

チョコブラウニーで加賀崎りんごは当たりマネージャーと呼ばれているが、こういうときは本当に実感する。

「今の評価がどうであれ、ユニットを組んで一番得をするのは由美子だからな。頑張りたくもなる。どうせなら、お前がふたりを喰っちまえ」

加賀崎は頬杖を突きながら、指先を由美子に向けた。彼女の言葉にはっとする。

あのふたりに挟まれれば、間違いなく由美子の知名度は上がる。

プライドのない言い方をすれば、人気に乗っかれる。

加賀崎はそのチャンスを最大限に活かそうとしている。

「まだ三年目とはいえ、それにしたってお前はぱっとしないよな。あたしからすると、声も演技も歌も、悪くないと思うんだが。あとはきっかけだけだと、りんごちゃんは思うんだな」

加賀崎は静かにそう言う。

彼女はそのきっかけを作ろうとしている。

胸がきゅっとなり、そこまでしてくれることに心が震える。

加賀崎さん、と名を呼ぶと、彼女はまっすぐに由美子を見据えた。

「逆に言えば、ここまでやってダメならあとキッツいぞ。四年目からは景色が変わる。若さぶん回して土台作れなきゃ、あとは先細りだ。ラジオだってあんま上手くいってないんだろ。踏ん張れよ」

「うぐ……」

容赦ない叱咤に声が詰まる。

事実を突きつけられて、違う意味で胸が苦しくなる。

アイドル声優の寿命は短く、環境は過酷だ。

新人声優はギャラが安いので使ってもらえやすいが、それもせいぜい三年目まで。

そのあとはほかの声優と並びで扱われる。途端、使われなくなるのは珍しい話ではない。

「が、がんばりまっす」

ほどほどにな、と加賀崎は笑った。

「おらー！　由美子ー！　往生せぇやー！」

「げぇふっ！」

若菜に腹へのタックルを決められ、床に押し倒された。

その衝撃たるや筆舌に尽くしがたく、手からバスケットボールが落ちて転がる。

対して若菜は、転がったボールを拾い上げ、そのまま走り去ろうとする。

「審判！　しんぱーん！　今の完全に反則！　レッドカードレッドカード！」

「ノーノー、今のは面白かったから審判的にはノーファウル」

「それにバスケは五ファウルで退場だから、若菜はあと五回は由美子にタックルできる」

「マジ⁉ バスケのルール決めたやつ頭イカれてんな！」

今は体育の時間だ。男子は外で女子は体育館で授業を行っている。

一応、バスケをすることになっているが、ほとんど自由時間だ。

適当にチームを組んで適当にボールを取り合っている。

「っしゃー！ わたしたちの勝ちね！ 次のチーム掛かってこーい！」

若菜がゴールを決めたあと、そんなことを吠えていた。

元気だなぁ、と笑いながら、由美子はコートから出ていく。いつの間にかこっちのチームが負けていたらしい。

あとはもうダラダラしていようかな、と辺りを見渡す。

すると、気になる奴の姿が目に入った。

千佳が体操座りで退屈そうに試合を見ていた。何気なさを装って、黙ってその隣に座る。

千佳はこちらをちらりと見たが、口を開くことも目を合わせることもなかった。

「仕事の話、聞いた？」

由美子も試合に目を向けながら、千佳にだけ聞こえる声量で囁く。

『紫色の空の下』の話を千佳が既に聞いていれば、これだけで通じるはずだ。

「あなたがわたしの妹になるっていう話？」

「合ってるけど、嫌な言い方するなぁ……」

千佳が次女役で由美子が三女役、確かに妹で間違いないのだが。

「聞いているわ。アニメの収録だけじゃなく、随分イベントもやるみたいね」

彼女は淡々と言う。そこに昂揚は見られない。

喜びを隠しているのか、それとも喜ぶに足る仕事ではないのか。

千佳がこんな調子なのに自分だけはしゃぐのも虚しく、何となく黙り込んでしまう。

千佳の方から小さなため息が聞こえた。

「なに。どうかしたの」

ぞんざいに尋ねると、彼女はため息を吐いていたことに今気付いたらしい。

ばつが悪そうに視線を彷徨わせる。

「あたしと共演するのがそんなに嫌かいね」

「いえ、そうじゃないわ。ううん、あなたといっしょにいるのはもちろん嫌だけれど。そうじゃなくて、イベントが嫌なの。人前に出ていって、歌ったり踊ったりするのが嫌なだけ。あんなの、声優の仕事じゃないでしょう。もううんざりなのよ、アイドル声優だなんて……」

千佳のこれは、ただの愚痴だ。

ぽろりとこぼしただけの、深く考えずに言ったただの愚痴。

彼女の言うことがわからないわけではない。

声優なのにアイドル扱いされるのは変だろう、と思うこと自体は。

声で演技をする仕事なのに、顔や立ち振る舞い方が重視され、露出は多ければ多いほど喜ばれる。発言には気を遣い、男の気配は完全に消す。恋人なんて以ての外だ。

そこを間違えれば仕事を失うことだってある。

おかしな話だ。

作品に声を吹き込むことに憧れたのに、要求されるのは声以外のコトばかり。

そこに全く疑問がないわけではない。

「……そういうことは。言っちゃダメでしょ」

だから飲み込もうと思った。彼女はただちょっと愚痴っただけだ。本気で言っているわけではないだろう。……もし本気だとしても、それは由美子が指摘するようなことじゃない。

けれど、言わずにはいられなかった。

「否定はしちゃダメでしょ。渡辺がそういう仕事を苦手だってのはわかるけど、『あんなの』って言い方はダメ。今のあたしらがいるのは、そういう仕事をやってきたからだし、支えてくれる人たちができたからでしょ。否定すんのは、ない」

それに、と続ける。

「たくさんの人に熱を与えられる、すごい仕事だと思うよ。あたしには尊敬してる先輩だってたくさんいる。その人たちを指して、『あんなの』って言うならさすがに軽蔑する」

言うべきことじゃないと思っているのに、気付けば吐き出していた。

注意してどうする。指摘してどうする。

自分たちはそんな間柄か？　だから、黙っているはずだったのに。

千佳は驚いた表情を浮かべて、ただただ由美子の話を聞いていた。

思うところがあったのか、千佳はきゅっと膝を抱える。

「……ごめんなさい。失言だった。仕事に対して取っていい態度じゃない。あなたが正しい」

「いや……、あたしの方こそ、ごめん」

「……？　佐藤は謝る必要はないでしょう」

千佳は首を傾げるが、由美子には自覚がある。

押しつけがましい願望だとも思う。

由美子は単に、夕暮夕陽にそんな言葉を言ってほしくなかっただけなのだ。

「……あなたはアイドル声優の仕事、好き？」

そっと身体を寄せてから、千佳はそう尋ねてくる。

少しだけ考えてから、由美子は答えた。

「割と好きだよ。歌うのも踊るのも」

「ふうん。……そっか」

そんなことをひそひそと話していると、「ねぇ、由美子ー」と若菜が駆け寄ってきた。

「ひとり抜けちゃった！　足りないから由美子入ってよー」

「あー……、あたしはいいから、こいつ連れて行っちゃってよ」

「は？」

千佳の肩を叩く。

すると、彼女は「何言ってんだこいつ」と言わんばかりの表情を由美子に向けた。

しかし、若菜はその表情を全く気にすることなく、千佳の腕を引っ張っていく。

「おー、渡辺ちゃんか。じゃあ来て来て！」

「え、あ、ちょ、ちょっとまって……」

転びそうになりながら強引に連れて行かれた千佳に、ふりふりと手を振ってやる。

彼女がコートに入ると、すぐに試合が始まった。「なぜこんなことに？」という表情を浮かべながら、千佳は懸命にボールを追いかける。

動きが異様なまでに固い。

パスを顔面でキャッチして、「びゃっ」という悲鳴が彼女の口から飛び出した。

「あいつ、あれでどんくさいよな……」

渡辺ちゃんどんまーい、という声を聴きながら、由美子は彼女たちの試合を眺めていた。

待ち望んだ『紫色の空の下』の初めての収録は、日曜日に行われた。

アニメの放映日も近付き、第一話の先行上映会や番組前の生放送、トークショーにミニライブなど、様々なイベントが目白押しだ。

ユニットで歌うオープニング曲は、既にレコーディングを終えた。

今日のアフレコ収録もそうだが、徐々に始まっていく感じが堪らない。

乙女と会えることもあり、うきうきで電車から降りた。

この駅で降りる人は少なく、隣の車両から降りたのもひとりだけ。

そこで、はたと目が合う。やけに目つきの悪い女だった。

「…………。おはよう」

「…………。おはよ」

隣の車両から降りてきたのは、夕暮夕陽こと渡辺千佳。

どうやら同じ電車に乗り合わせたようだ。

ばったり会ったのに離れて歩くのもわざとらしく、ふたり並んでスタジオに向かった。

彼女は白いブラウスにデニムというシンプルな出で立ちで、大きめのトートバッグを肩から下げていた。シンプルコーデというよりは、単に楽をしただけだろう。顔もすっぴんだ。

由美子は普段通り。

学校に行くときと変わりなく、制服姿でメイクもしっかりしている。

千佳は由美子の格好を眺め、怪訝そうな表情を浮かべた。

「あなた、なんで休みなのに制服……」

そう言いかけて、途中で止める。

口元に手を当てて、しばらく考え込んだあと、おずおずと口を開いた。

「あなたが嫌な気持ちにならないなら、服、買ってあげましょうか……？」

「おいバカやめろ。普段着がないほど貧乏じゃないわ。初めての現場で初対面の人もいるから、制服の方が都合いいの」

由美子の言葉にほっとした顔をする千佳。しかし、すぐに小首をかしげる。

なんで都合がいいの？　という疑問が顔に書いてある。

「印象に残るから、覚えてもらいやすいでしょ」

「まぁ……。でも、現場に制服を着ていったら、妙にいじられない？　あれ苦手なんだけど」

「それがいいんじゃん。会話のきっかけになるんだから」

「はぁ……」

千佳は気の抜けた返事をする。

しかし、何かを思いついたようで、こちらに身体を寄せてきた。ぼそぼそと囁いてくる。

「……ねぇ佐藤。挨拶する先輩が初対面かどうかわからなくなったとき、あなたどうしてる？」

「あぁ……、声優あるある？　この人、前に挨拶したっけ、どうだっけってなるっていう」

現場では、後輩が先輩にひとりひとり挨拶をする。

面識があるなら簡単な挨拶になるけれど、初対面なら相応の挨拶になる。

しかし、面識の有無を忘れてしまったら。

「そう。面識があるのに、『初めまして』って挨拶しちゃったり……。どう対応してる？」

「あたし、会って話したなら、もう忘れないからなぁ」

「…………………」

由美子の言葉に、千佳は呆けたような表情を浮かべた。

それがすぐに歪むと、本当に嫌そうに「ちっ」と大きな舌打ちをする。

「出たわ。あなたのそういうところ、本当に嫌い」

「あたし何で今キレられてるの」

機嫌を悪くし、歩行速度を速める千佳に、不本意ながらもついていく。

スタジオにはすぐに着いた。

まずは挨拶。

ほかのキャストとスタッフに挨拶して回り、軽く談笑してから収録ブースに入っていく。

ゴツい取っ手の防音ドアを開けた。

収録ブースはかなり広い。壁際に大きなモニターが三つ設置されていて、手前にはマイクが四本並ぶ。壁の一面はガラス張りだから、調整室は見えるが、どこか圧迫感があった。

ブースの周りを囲うように椅子が配置されている。所謂コの字型だ。

先に入っていたのは千佳だけで、ほかにはまだだれもいない。

彼女は椅子に腰かけて、台本に目を通していた。座っているのは真ん中の席だ。

さすが〝夕姫〟。

モニターがよく見える真ん中の席は、セリフの多いキャラや大御所が座る。

由美子が座るのはいつも端の方だ。

……あいつは真ん中に座るのも、珍しくないんだろうなぁ。

羨ましく思いながら、由美子はいつもと同じように端へ座った。

「ちょっと。あなたはこっちでしょう」

千佳はそう言いながら、自分の隣をぽんぽんと叩く。

彼女の思いがけぬ言葉に、由美子の身体が硬くなった。ぷるぷると首を振る。

「い、いや。そこはセリフ多い人が座る席でしょ」

「主役の桜並木さんの次にセリフが多いのは、わたしと佐藤でしょうに。大御所が来るわけでもなし、何度も立ち上がるんだからこっち来なさいな」

「あー……、そ、そっか」

ぽりぽりと頰を搔いてから、千佳の隣にそっと座る。

正面のモニターとマイクを見ながら、あぁ確かにここはやりやすい、と思った。

隣の千佳を見ると、彼女は台本に意識を戻していた。ぎっしりとメモ書きされた台本だ。

千佳は落ち着いている。

その姿はちょっとだけ、本当にちょっとだけ、格好良かった。

「おはようございます」

挨拶とともに、とても綺麗なお姉さんが入ってくる。

やわらかい雰囲気の、見惚れるような美人だった。艶のある髪は長く、腰にまで伸びている。

体型はすらりとしていて、それでいて女性らしい丸みがあった。

「乙女姉さん！」

由美子が彼女――桜並木乙女の元に寄っていくと、彼女は頬を緩めた。

互いに手を握り合ってきゃいきゃいと笑う。

「おはよう、やすみちゃん。現場で会うのは久しぶりだね」

「やー、ホントだね。ＣＤのレコーディングでも会えなかったしね」

アニメのアフレコと違い、ゲームやＣＤの収録は個々で行う場合が多い。

ユニットとは言いつつも、乙女とも千佳ともいっしょに収録したわけではなかった。

「でも、これからイベントもあるし、やすみちゃんといっしょの仕事も多いね。嬉しい」

「あたしもあたしも。ねぇ、また今度どこかに……、ん？」

乙女の目の下にクマを見つける。

メイクで隠そうとしているが、完全には消せていない。

「姉さん、疲れてる？　仕事、忙しすぎるんじゃないの？」

「え？　あー、大丈夫。ちょっと寝不足なだけで、元気だよ」

乙女は笑いながら、両腕で力こぶを作るポーズを取る。

「お久しぶりです」

「あ、夕陽ちゃん。久しぶり。元気だった？」

千佳が挨拶しに来ると、乙女は表情をぱっと明るくさせた。

「あー、ふたりは面識あるんだ？」

「そうだね。最近は結構いっしょになることも多いよ」

乙女が嬉しそうに笑い、千佳は頷く。

それもそうか、と思う。乙女は言わずもがな、千佳も出演作をぐんぐん増やしている。

バッティングすることは多いだろう。

反面、由美子は乙女とも千佳とも現場で会うことはほとんどない。

「…………………」

考えても仕方ないことだ。

そうわかっているものの、心の中に黒いもやがかかる。焦りと嫉妬が顔を出す。

頭の中に、加賀崎の声が響いた。

『逆に言えば、ここまでやってダメならあとキッツいぞ。四年目からは景色が変わる。若さぶん回して土台作れなきゃ、あとは先細りだ』

乙女は言うまでもなく、千佳もしっかりとした土台を作っている。まだ二年目なのに。三年目の自分の足場はこんなにも脆く、今すぐにでも崩れそうなのに。

彼女はどんどん前に進み、自分は足踏みするばかりだ。

……嫉妬したところで、何か状況が変わるわけでもないのに。ひとり自己嫌悪に陥った。

収録が始まった瞬間、ブース内の空気がカチリと切り替わる。場を緊張感が支配する。

モニターには既に映像が流れていた。

『紫色の空の下』の第一話だ。

由美子はそれを見ながら、マイクの前に立つ。

由美子がマイクの前で声を出せば、その声がアニメに吹き込まれる。

当然と言えば当然なのだが、何だか不可思議で、別世界の出来事のように感じられた。

そう思うのは、目の前の映像が普段観るアニメとかけ離れているから……、かもしれない。

未完成なのだ。

今流れているのは下絵の状態で、とてもアニメーションとは言えない代物だ。

アニメ制作は常に時間に追われていて、アフレコ時に映像が完成していないことも多い。

映像では主人公である西園寺ハルが眠っている。簡単な絵で、背景もない。

未完成なその世界に、桜並木乙女は本物を注ぎ込む。

「すぅ……、すぅ……」

わかりやすくも大袈裟ではない寝息が、乙女の口から発せられる。

彼女は一番左のマイクの前に立ち、台本と映像を交互に見ていた。

映像は目覚まし時計のアップ。

アラームが鳴り響くシーンだが、効果音は入っていないし、BGMもない。

ここに浮かぶ音は演者の声のみで、それ以外はノイズだ。

ほんの些細な音でも、マイクに入れば録り直しになってしまう。

席を立つときも、マイクの前で入れ替わるときも、とにかく静かに迅速に。咳もくしゃみも抑え込み、ページを捲る音さえ出さない。

ブース内に響くのは、キャストの演技。それだけだ。

「ん、んん……、んー……。あー……、もう朝……？　うーん……！」

乙女がマイクに声を乗せる。

ハルが寝ぼけながらも身体を起こし、伸びをする。その一連の演技を声だけで表現する。

未完成の映像が色を帯びていく。

そう思わせるほど、彼女の演技には熱があった。

彼女は実際に伸びをしながら声を出し、ほかのセリフも身体を動かしながら口にしている。

「ハルちゃん、おはよ！　もー、まだ寝惚けているの？　ほら、シャキッとして！」

「ハルお姉ちゃん。ご飯、できてる。早く着替えて」

立て続けに、千佳の演じる西園寺ナツ、由美子の演じる西園寺アキが登場した。

隣の千佳が声を発したあと、続いて由美子が役を演じる。

不思議な光景だった。彼女もそう思っているかもしれない。

学校ではただのクラスメイトである千佳と、こうしてマイクの前で違う人物を演じている。

普段とは程遠い、元気で可愛らしい声が千佳の口から飛び出していく。手を軽く動かしながら表情を変え、しっかりと感情を乗せていた。

由美子は由美子で、とても静かで抑揚のない喋り方だ。いつもとは全く違う。

ふたりとも、別人だ。

千佳は本当に声優なのだ。

そして、自分も。

乙女が演じる天然の長女、西園寺ハル。夕陽が演じるしっかり者で元気な次女、西園寺ナツ。やすみが演じる物静かな三女、西園寺アキ。

この三人を中心に、アフレコは進んでいく。

収録は途中までつつがなく進行した。

いや、最後まで問題なく収録は終わったと言っていい。

引っ掛かったのは、あくまで由美子個人の問題だ。

問題のシーンは、第一話のクライマックス。

長女のハルと、次女のナツが大喧嘩をするシーン。

彼女たちの決別が、『紫色の空の下』の始まりと言える。とても重要な場面だ。

アキはこのシーンには登場しないので、椅子に座って彼女たちの演技を見る。

勉強させてもらおう。

……そう思っていたのに。

由美子は心を奪われてしまった。

千佳の、演技にだ。

「ハルちゃんは、お姉ちゃんは、ずっとそうだよ！　いつもいつも、昔からそうやって笑ってごまかして！　いいところばかりもらって！　損をするのはいつもわたし！　わたしばっかりだよ！　もう、もう、うんざりだよ……。なんで、あなたが、わたしのお姉ちゃんなの……！」

千佳はマイクの前で、力いっぱいに感情を表す。

声が徐々に弱まり、震え始め、最後には涙声に変わった。

ナツが隠していた不満や劣等感が噴き出し、抑えられなくなる。

声の移り変わりで、内包する感情の渦がひしひしと伝わった。

完成度の高さに、格の違いを知った。

悔しさに声が漏れそうになる。

負けたくないのに、という想いが溢れてどうにかなりそうだった。

――そう、負けたくない。由美子は初めてそれを強く自覚した。

そして、その整理がつかないうちに、今度は乙女のセリフとなる。

「――あぁ。本当に。なんで、わたしが姉なんでしょうか」

……ぞくりとした。収録中でなければ、声を上げていたところだ。

ハルは雨に打たれながら、後悔をする。

妹のことだけではなく、彼女が彼女自身に深く失望するというシーンだ。

セリフは淡白で短く、感情が出ないようにしながらも声は小さく震えている。

絶妙なバランスだった。

そのあとに、耐え切れずに泣き出すハルの声は、聴いているこちらが辛くなるほどだった。

……由美子はここまでできない。泣く演技だけでなく。

乙女のような演技も、千佳のような演技も。

収録後、メインキャスト三人は放映前特番の軽い打ち合わせを行った。

それを終えてスタジオから出ると、乙女が「ごめんね、遅れそうだから先に行くね！　タクシー、タクシー！」とぱたぱた手を振りながら走り去っていった。

慌ただしい。普段はむしろ、のんびりした人なのだが。

千佳と並んで駅に向かう。

特に会話らしい会話もなかったが、元より仲良く話すような間柄でもない。

だから黙って歩いていたのだが、彼女がぼそりと呟いた。

「……演技。よかったわね」

由美子もそれは感じていたので、明るく言葉を返した。

「あぁ、乙女姉さん？　なー、よかったよなぁ。やっぱ姉さんはすごい」

素直にそのまま口にしたが、千佳はなぜだか釈然としない様子だった。

なぜだ。そっちから話を振ってきたのに。

由美子は疑問に感じたが、千佳は話題の矛先を変えてしまう。

「……あなた、なぜ桜並木さんのことを『姉さん』なんて呼んでいるの？」

「初めて共演したときのあたしのキャラが、乙女姉さんのキャラの妹分だったの。『姉さん』って呼ぶキャラ。マネして呼んでたら定着しちゃった」

「あぁ……、アレでしょ。『とらべる★ういんたーず』。オープニングがとても良いわよね」

「……オープニングって、あたしも歌ってるんだけど」

「歌じゃなくて作画の方」

素っ気なく言う千佳に、なんだよ、と舌打ちしそうになる。

「桜並木さんがあの作品でそう呼ばれるなら、今回でわたしもあなたにお姉ちゃんって呼ばれるわけ？　虫唾が走るわね。訴えるわよ」

「勝手に盛り上がって裁判沙汰にするのやめてくれる？」

程なくして駅まで着いた。

ホームに向かおうとすると、千佳が「わたしこっちだから」と逆方向を指差す。

「あぁそうなの？　家、そっち方向？」

「そうじゃないわ。次の収録があるから」

さらりと返され、不用意なことを言った自分を恨んだ。

由美子はさっきの収録で今日の仕事は終わりだ。

ふぅ、と聞こえないように息を吐く。

由美子は自然な声色を心掛け、軽く手を挙げた。

「そか。じゃ、収録頑張って。お姉ちゃん」

「ええ。それじゃ。ちなみに言っておくけど、あなたのほうが誕生日早いからね」

千佳が背を向けて、反対方向のホームに歩いていく。

由美子も同じように歩き出した。

家に帰ったら二話の台本をチェックし直して、いっぱい練習しよう。

それと、ライブの振り付けもいっぱいいっぱい練習しよう。

今、現時点で彼女たちに勝っているのは、使える時間の多さだ。

情けない話ではある。

けれど、その時間を使ってクオリティを上げるのは間違いではないはず。

千佳に負けたくない、と思う。

追いつきたい、と思う。

だから今できることをしっかりやろう。そう気合を入れた。


「ご、ごめん、やすみちゃんっ。ちょ、ちょっと急いで出なきゃだから、ええと……」

いつものラジオ収録前、打ち合わせのための会議室。

由美子と朝加はとりとめのない会話をしていたが、朝加に電話が掛かって来た途端、彼女の表情が一変した。

どうやらトラブルらしい。

けれど今からラジオの収録もあるし、どうすればいいのか迷っているようだ。

「こっちは大丈夫だから行っておいでよ。ほかのスタッフさんが来たら、事情話しておくからさ。何かあったらスマホに連絡入れる」

「うわぁ、ありがとう、やすみちゃん！　愛してる！」

彼女は愛の言葉を叫ぶと、急いで会議室から出ていった。

大変だなぁ、と苦笑いを浮かべる。

「……暇になっちゃったな。宿題、片付けておこっかな……」

スクールバッグを引き寄せ、中を見る。

むっ、と声が出た。

「……白箱、事務所でもらってから入れっぱなしだった」

取り出したのは、一枚のブルーレイディスク。

この中には、まだ未放送の『紫色の空の下』の第一話が記録されている。

白箱。――映像業界で作品が完成した際、スタッフの確認用に配布されるものだ。

『紫色の空の下』の本放送はまだ先だが、第一話はイベントで先行上映することが決定していた。そのため、第一話だけかなり早めに完成している。

学校帰りに事務所に寄った際、その白箱をもらったが、鞄に入れっぱなしにしていた。

まだ観ていない。

観るのが、怖かったからだ。

「おはようございます」

「わっ！　おっとっと……！」

突然ドアが開き、だれかが入ってきた。

不意を突かれたせいでブルーレイを落としそうになり、その場でお手玉する。

何とか落とさずに済み、ほっ、と息を吐いた。

「……何を遊んでいるの」

千佳が呆れた目を向けてくる。

こちらは恨みがましい視線を返すが、彼女は気にせずに会議室を見回していた。

「佐藤だけ？　朝加さんはまだ来ていないの？」

「あぁ……、なんかトラブったみたいで。もしかしたら、しばらく帰ってこないかも」

なにそれ、と千佳は眉を顰める。

しかし由美子の手のものに気が付くと、興味深そうに顔を寄せてきた。

「もしかしてそれ、『紫色の空の下』の白箱？　わたしはもう確認したけど、よかったわよ。オープニングとか気合入ってて。わたしは結構前にもらえたけど、佐藤は今日もらったの？」

珍しく機嫌がよさそうに、言葉を並べた。

素直に感想を言う千佳から目を逸らし、気まずさから黙り込む。

目ざとく千佳が何かを察した。

……こういうところばかり、気が付くんだもんなぁ。

「……いや。あたしも結構前にもらった。鞄に入れっぱなしにして、まだ確認してない」

由美子の言葉に、千佳の目がすっと細くなった。少し躊躇いを見せつつも、口を開く。

「……あんまり、こういうことは言いたくないけれど。まだ新人なんだし、横着せずに自分が出た作品は確認しておいた方がいいんじゃない」

「あぁいや、そうじゃ、なくて。別に面倒だから観てないわけじゃなくて……。ん……、渡辺にはわからないかもしれないけど、観るのがちょっと怖いんだ」

あまり千佳相手に本音を言いたくないが、下手にごまかすと変な誤解が生まれそうだ。

手の中のブルーレイを眺めながら、独り言のように呟く。

「あたしはこれ、久しぶりに大きな役だから。久しぶりのチャンスだから。失敗してたら、目も当てられない。もちろん全力でやったけど……、ちゃんとできたか、って答え合わせをするのは、怖い。観られない。情けないかもしれないけど」

だから、鞄の中に入れっぱなしにしていた。

見て見ぬふりをして、恐怖が過ぎ去るのを待つしかなかった。

由美子は——歌種やすみは、自信がない。

そんなものは、オーディションに落ち続けている間に根こそぎ摩耗してしまった。

それにそもそも、由美子のキャスティング自体、実力で選ばれたとは言い難いのだ。

「……佐藤」

抑揚のない声が聞こえて、顔を上げる。

千佳は無表情のまま、感情が乗っていない声で言った。

「あなたのそういうところ、本当に嫌い」

千佳はそれだけ言い残すと、会議室を出て行ってしまった。

「………………」

取り残された由美子は、頭をかしかしと掻いてため息を吐く。

わかってくれと言うつもりはない。

けれど、やはり千佳には理解できない感情なのだな、と肩を落とす。

自分と彼女の違いが浮き彫りになり、それがまた心を締め付ける。

千佳は呆れただろうか。それとも、怒ったのだろうか。

そんなことすら、わからなかった。

仕方なく、白箱を鞄に戻そうとした、そのときだ。

勢い良く、バンと扉が開く。千佳が足で扉を開けたらしい。

その理由は、両手が使えなかったから。

「佐藤。スタッフさんにプレーヤーを借りてきたわ。今すぐここで観ましょう。どうせ時間はあるんでしょう？」

千佳は早口にそう述べると、持っていたプレーヤーを机の上に置いた。

手早く準備を始める彼女を見て、由美子はぽかんとする。

しかし、はっと我に返ると慌てて千佳の手を摑んだ。

「ま、待てって。なんでそんな話になるの。話聞いてた？　あたしは……」

「あなたこそ、やっぱりわたしの話を聞いてなかったのね」

千佳は鋭い眼光をこちらに向けて、怒ったように睨んできた。

「わたしは第一話の収録のあと、あなたに言ったわ。あなたはわかっていなかったけれど、別にいいか、とも思った。観ればわかることだから。でも、観なかったら確認しようがない」

千佳は由美子の手から白箱を取り上げ、押し付けてくる。

自分で入れろ。そう言いたいらしい。

千佳は押し付ける力を緩めることなく、はっきりと言う。

「あのとき、わたしは『あなたの演技、よかったわね』って言ったのよ」

「…………え」

確かに、あのとき彼女は「演技、よかったわね」と言っていた。

しかし、あれは乙女に対しての称賛ではなかったのか。

彼女が、夕暮夕陽が、自分の演技を評価している。

湧いた感情は喜びよりも戸惑いが先で、どう反応していいかわからない。

かたん、と音を立てて、千佳は由美子の隣に座る。

そして、目はプレーヤーに向けたまま、一言だけ言った。

「怖いなら、いっしょに観るから」

「…………………」

由美子は手元のブルーレイを見下ろす。

千佳はそれ以上口を開かず、動こうともしなかった。

由美子は音もなく、深く息を吐く。

隣には千佳がいる。打ち合わせのときの定位置だ。

彼女が本当に「演技がよかった」と思ってくれているのなら、これ以上心強い人はいないかもしれない。

そして――。

由美子はそっとディスクをプレーヤーに入れた。

Choco Brownie チョコブラウニー

【うたたね　やすみ】

# 歌種やすみ

Yasumi Utatane

Profile

生年月日：20××年10月12日

趣味：ショップめぐり・カラオケ

SNS ID：×yasumi-utatane1012

## 出演情報

【TVアニメ】

『プラスチックガールズ』（マリーゴールド）

『とらべる★ういんたーず』（羽衣雫）

『にゃんこ部!』（にゃむにゃむ）

『キミにいっつもI love you!』（子犬）

【ラジオ】

『プラスチックガールズinラジオ』メインパーソナリティー

『桜並木乙女のまるでお花見するように』ゲスト出演

【担当コメント】

「のびやかであかるい声に魅力がある期待の新人です。まだまだ経験が浅いですが、バイタリティは人一倍です。公開録音、イベントなどほぼNGなく出演できます。場を盛り上げる生来のあかるさが魅力です！　ぜひ起用をご検討ください！」

連絡先　株式会社チョコブラウニー

TEL:00-0000-0000
MAIL:Chocobrownie@behoo.voices

Choco Brownie チョコブラウニー

# NOW ON AIR!! 第12回

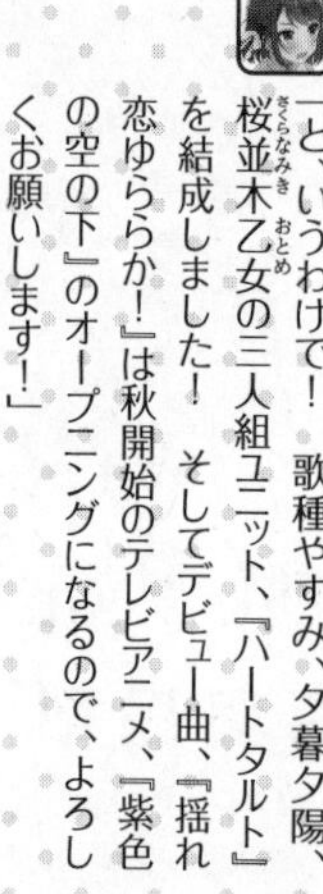

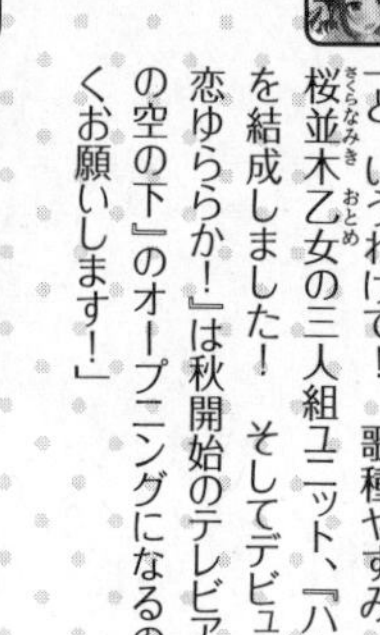

「と、いうわけで！　歌種やすみ、夕暮夕陽、桜並木乙女の三人組ユニット、『ハートタルト』を結成しました！　そしてデビュー曲、『揺れ恋ゆららか！』は秋開始のテレビアニメ、『紫色の空の下』のオープニングになるので、よろしくお願いします！」

「『紫色の空の下』にはやすみたち三人が出演しております。ぜひアニメも観てください！」

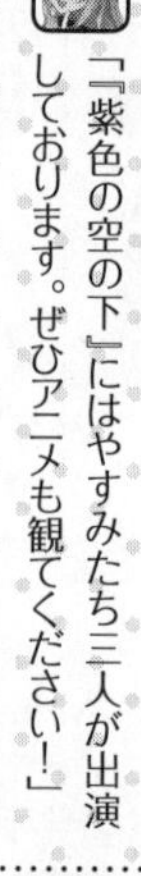

「……と！　ここまでは前回も同じ告知をさせて頂いたのですが～……」

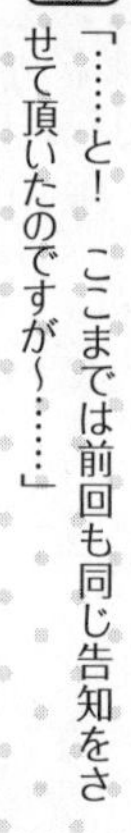

「なんと！　CDのリリースイベント開催が決定いたしました！」

「わ～！　ぱちぱちぱち～！」

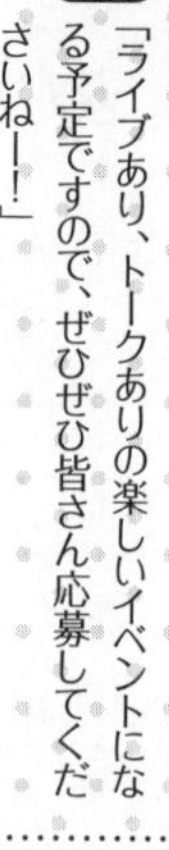

「ライブあり、トークありの楽しいイベントになる予定ですので、ぜひぜひ皆さん応募してくださいねー！」

「いやぁ、すごいねぇ～。イベント盛りだくさんだねぇ？」

「本当だね！　でも、やすみはちょっと心配だよ。アニメの放送はまだ先なのに、リリイベなんてやって大丈夫なのかな？（笑）」

「ね（笑）秋アニメの主題歌CDを夏に売ってイベントをするんだもんねぇ（笑）ライブできるのは嬉しいけど～」

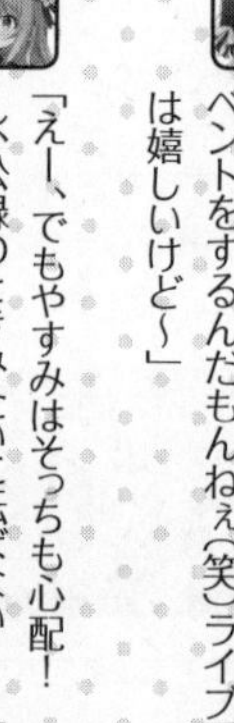

「えー、でもやすみはそっちも心配！　ユウちゃん、公録のときみたいに転ばない？　大丈夫？（笑）」

「あー！　それ！　やっちゃんったらひどいんですよぅ！　結局、放送には載らなかったから現地の人しか知らないんですけど、やっちゃん、わたしの足を引っかけたんですよ!?　それでわたし転んじゃってぇ！」

「ユウちゃん、その言い方だと語弊があるよ。やすみはただ、ユウちゃんの足を引っかけて転ばせただけだよ？」

「今それをわたしが言ったんだけど！？　やっちゃん、もうめちゃくちゃだよぉ！」

「リリイベのときは、ぜひとも足には気を付けて頂きたい（笑）」

「やっちゃん⁉　怒るよぉ⁉」

夕陽とやすみのコーコーセーラジオ！
YUHI to YASUMI no KOUKOUSEI RADIO!

to be continued……

「朝でも、もうあっついなぁ……」

由美子は高い空を見上げ、ひとり呟く。汗が額を伝った。

ぱたぱたと手で顔を扇ぐが、ちっとも涼しくならない。

夏休みに入ってからというもの、外に出れば強い日差しにうんざりするばかりだ。

けれど、今日の由美子はご機嫌だ。

昂揚感が胸を満たし、適度な緊張が鼓動を速める。

「うへー……、ハコでっか。でも、これが埋まるんだもんなぁ……」

目の前の会場を見て、由美子は思わず呟く。

まだ朝も早く、辺りの人影はまばらだ。

ここが賑やかになるのは、開場の時間が近付いてからだろう。

今日はハートタルトのファーストシングルであり、『紫色の空の下』のオープニングである『揺れ恋ゆららか！』のリリースイベントだ。

イベント内容はトークショーとミニライブ。

アニメはまだ未放送にもかかわらず、応募者が多くて抽選漏れがたくさん出たようだ。

ここまで人が呼べるのは桜並木乙女の存在が大きい。

今日のイベントに来るほとんどの客は、乙女のファンかもしれない。

会場に入り、スタッフに挨拶をしてから楽屋に向かう。

楽屋の扉をノックすると、「はい」と聞こえたので、扉を開いた。

「おはようございま……、す？」

部屋にはひとり先客がいて、テーブルの席に座っていた。

グレーのシャツに、花柄のロングスカートを合わせている、可愛らしい女の子。

なんと綺麗な顔立ちだろう。

小さな顔につい目が奪われた。挨拶の声も、途中で詰まってしまう。

美少女だ。美少女がいる。

由美子が思わず固まっていると、その美少女がこちらに目を向けた。

無表情のまま、「おはよう」と挨拶してくる。その声ではっとした。

「……あぁそうだ、あんた渡辺だ」

そこにはいるのは声優・夕暮夕陽――つまり、千佳だ。

声優状態の千佳はもう何度か見ているのに、毎回驚き、目を奪われてしまう。

慣れない。

「渡辺は普段と見た目が違いすぎるんだよな……」

「どの口が言うのよ」

千佳は呆れたように息を吐く。

由美子は何も言わずに千佳の隣に座った。彼女は驚いて身を引く。

「なに」

「いや。メイク上手いなって。ちょっと見せてよ。そのアイシャドウ、いいね。どこの？」

「え？　マネージャーからもらったやつをそのまま使って……、ちょっと、近いのだけど」

「あ、こら。顔背けるな」

中腰になって、千佳の顔をガッと掴む。目の辺りをじぃっと見つめる。

千佳は恥ずかしいのか、目を逸らして身体を離そうとした。

が、こちらとしても真剣だ。上手い手法は取り入れなくちゃいけない。

遠慮しなくていい相手だし、じっくり見せてもらおう。

そんなことをしていたら、こんこん、とドアがノックされた。

「どうぞー」

「やっ、ちょっと……っ」

千佳が咎めるような声を出したが、その理由はわからなかった。

「おはようございまーす……、って、わぁ」

驚いた声が聞こえる。

そちらに目をやると、乙女が立っていた。

白のノースリーブにデニムパンツ、黒のキャップというシンプルコーデ。

スタイルのいい彼女は、それだけで様になっている。

乙女は驚いたあと、扉の陰にちょこちょこと隠れてしまう。

「……ええと？　状況がぜんぜんわからないけど……、お邪魔……、かな？」

「は？」

乙女に指摘され、改めて己の姿を見下ろす。

声優仲間の顔を両手で掴んでじっと見つめているこの状況。

千佳は頬を赤くしてこちらを睨んでいる。

恥ずかしいような、イラついているような彼女から目を離し、乙女に視線を戻す。

「……変な想像をさせているね？」

「してるね。できれば見なかったことにしたいくらい。……一回、出直そっか？」

「……桜並木さん、変な気を遣わないでください。それに、佐藤もいい加減にして。あなたのそういうところ、本当に嫌い」

千佳は顔から由美子の手を引き剥がし、不機嫌そうに舌打ちをこぼす。

乙女は困ったように苦笑いを浮かべている。

かと思うと、徐々に扉から離れ、本当に出ていこうとした。

「お、乙女姉さん！　大丈夫だって、何もないから！　ガチな感じで気を遣うのやめて！　姉さん！　ねえさーん!?」

打ち合わせを終えたあと、由美子たちはステージに上がった。

ミニライブのゲネプロ……、最終リハーサルをするためだ。

既に三人とも、ステージ衣装に着替えている。アイドルっぽい、可愛らしい衣装だ。

「それじゃ、通しでやってみようか」

舞台監督がそう指示を飛ばしたので、指定の立ち位置に移動する。

左右を由美子と千佳で固め、当然、乙女はセンターだ。

曲が始まる数秒前、由美子は深呼吸する。

由美子たちの歌う『揺れ恋ゆららか！』は一応振り付けはあるものの、それほど大仰なものではない。覚えるのもそこまで負担はなかった。

しかし、由美子は散々練習した。それはもう散々練習した。

実力も知名度も劣るふたりに張り合うには、全力以上の全力が必要だ。

『どうせなら、お前がふたりを喰っちまえ』

そう言ってくれた加賀崎を思い出す。彼女がここまでしてくれたのだ、絶対に応えたい。

曲が始まる。

聞き慣れたイントロが流れ出し、ポップな音楽が会場に響く。

身体に刷り込まれた動きが、曲と同調する。あぁこの感覚だ。調子は悪くない。

歌い出しも問題なく、いつもと同じ歌声をマイクに乗せられた。

三人で合わせるのは初めてだったが、それも問題ない。三人の踊りがきっちりと合っている。

そして、由美子は思い知る。

乙女のポテンシャルが凄まじい。キレがあり、メリハリのある動きをしながらも満点の笑顔を絶やさない。

伸びやかな歌声は、踊りながらとは思えなかった。

そして千佳だ。

笑顔は、乙女のように自然ではない。さすがにちょっと辛そうだ。

けれど、透き通るような歌声に聞き惚れた。

彼女のソロは音の響きが全く違う。

振り付けもきっちり仕上げていた。体育で見た彼女の動きは、それはもうひどいものだったが、相当に努力したのだろう。丁寧な動きがそれを証明している。

あっという間に曲が終わった。

三人でポーズを取ったまま、由美子はひとり心の中で呟く。

……くそう。

あんなにも頑張ったのに、ふたりは平気で並んでくる。

圧倒的に上手くなってやるつもりだったのに。

それがただただ悔しい。

「おっけーい。いいじゃない。じゃあちょっと、一回降りてきてもらえる？」

舞台監督にそう言われ、由美子たちはポーズを解いた。

「よかったね！」

乙女が、由美子と千佳の両方に笑いかける。千佳はほっと息を吐き、由美子は笑みを返した。

舞台袖に捌け、階段を下りていく。

そこで、由美子は気付いた。

前にいる乙女が肩で息をしている。気温も高いし、五分近くも歌って踊るのは確かに辛い。

けれど、舞台慣れしている乙女がここまでバテるのは違和感があった。

「乙女姉さん？」

彼女の手を取ると、乙女ははぁはぁと荒い息で振り返る。……顔色も、よくない。

「どうしたの、やすみちゃん」

「姉さん、大丈夫？　しんどそうだけど……」

「えぇ？　平気だよ、平気平気。ほら、早く行かなきゃ」

乙女は由美子の返事を待たずに階段を下りようとした。

「――――あ」

その瞬間、がくん、と彼女の身体が落ちる。

乙女の足が階段を踏み外した。

そのまま前のめりに落ちる。咄嗟に手を伸ばすが届かない。

彼女は階段に身体を打ち付けたあと、床に勢い良く投げ出されてしまった。

「姉さんっ！」

慌てて彼女の元に駆け寄る。

「え、えへへ……。やっちゃった。大丈夫、大丈夫……」

床に倒れた彼女は、上半身を起こしながら無理矢理に笑みを作る。

けれど、それがすぐに引きつった。

「大丈夫ですか⁉」

スタッフや舞台監督が慌てて、乙女のそばに集まってきた。

「だ、大丈夫ですよぅ、大丈夫。ちょっとドジっちゃっただけです。ケガもないですし」

ごまかすように笑う乙女の額に、汗がにじむのが見えた。

顔色が非常に悪く、息も荒い。様子がおかしいのは一目瞭然だった。

「ごめん、ちょっと確認するよ」

監督が乙女のそばにしゃがみ、右足に触れた。

途端に彼女の顔が歪む。さっきから右足を庇っているのはわかっていた。

監督が靴を脱がすと、真っ赤に腫れた足首が現れる。

　ぷっくりと大きく腫れた足を見て、だれかが「これは……」と呟いた。

　捻挫か、それ以上のケガなのは間違いない。

「い、いえいえ、そんなに深刻そうにしないでください！　大丈夫ですよ、立てますし、やれます！　皆さん、大袈裟ですよぉ」

　乙女は場にそぐわない明るい声を出す。

　監督は暗い表情を浮かべながら、乙女に告げた。

「桜並木さん、これは無理だよ……。イベントは欠席にしてさ、病院に行こう。ほかのスタッフに付き添ってもらうから」

「！　ま、待ってください、監督！　大丈夫ですよ！　ちょっと腫れてますけど、包帯でも何でもいいですから、固定すれば大丈夫です！　わたし、薬局行ってきますから！」

　さっきから汗の量もすごいというのに、笑顔を作って引こうとしない。

　相当痛むのではないだろうか。固定したくらいで動けるとは思えない。

「いや、姉さん。病院に行った方がいいって。イベントはまぁ残念だけどさ……」

　由美子も乙女のそばにしゃがみ、やさしく声を掛ける。

　すると、彼女は縋るような表情を見せた。

「待って、やすみちゃん、待って……。わたしはやれるから……。わかるでしょう？　ファンの人が、待ってるんだよ……？　やすみちゃんがわたしの立場だったら、病院、行ける……？」

言葉に詰まる。

まさか、そんなことを言われるとは思わなかった。

自分が乙女の立場だったら。イベントの直前でケガをしてしまったら。

自分ならどうする？

「……監督。あたしちょっと薬局行ってきていいですか？　足冷やしてテーピングして、痛み止めを飲めば一曲くらいは……」

「歌種さんも何言ってんの⁉　無理だって、この足じゃ！」

「いやでも、本人がやるって言ってるし……」

「やすみちゃん……」

由美子が同じ立場だったら、どうあっても出ようとしただろう。

ケガがなんだ。死にはしない。自分が堪えればいいだけの話だ。ならば出る。どうあっても出る。ここで意地を張らなくて、いつ張るというのだ。そんな思いを抱いただろう。

乙女も同じ気持ちだ。ならば、やらせてあげたかった。

「だ、ダメダメ！　無理だってば！　ほら、病院行くよ！」

だが、監督はそう判断を下した。

それ以上は、何を言っても無駄だった。

診断結果は捻挫だった。安静を命じられ、もちろんライブなんて以ての外だ。

しかし、すぐに病院で処置してもらったおかげで、イベントの開演前には戻って来られるうえに、トークショーには参加できることがわかった。

『ごめんね、やすみちゃん……、本当にごめん』

「いいってば。ライブに出られないだけなんでしょ？　姉さんにはその分、トークで盛り上げてもらうから大丈夫だよ。うん。じゃ、あとでね」

楽屋で乙女からの電話を切り、ふぅ、と息を吐く。

今にも泣き出しそうな乙女の声に、こっちまで泣きそうになった。気持ちは痛いほどわかる。

自分が彼女の立場だったら、しばらくは立ち直れないだろう。

ただ、一概に本人だけのせいとは言えない。

疲れが出たのだ。

自己管理の範疇を超えて、無茶のツケが表面化しただけだ。

たまたま、最悪のタイミングで。

楽屋を出ると、千佳が壁にもたれて立っていた。

「渡辺。どうしたの、そんなところで」

「部屋に入ろうとしたら、桜並木さんと電話しているのが聞こえたから」

「してたけどさ。気にせずに入ってこればよかったのに」

「嫌よ。辛気臭い話を聞かされるなんて。こっちまで暗くなる」

「あんたさぁ……」

嫌味な物言いにうんざりする。

なんでこいつは、こんな言い方しかできないんだ。

相手をするのも面倒くさく、そのまま立ち去ろうとすると、彼女の鋭い声がそれを止めた。

「テンション下げている暇なんてないってことよ。ライブ、わたしと佐藤のふたりでやるって監督には言ってきたから」

「……渡辺」

確かに、ライブをどうするか、という話は上がっていた。

選択肢はふたつだ。

このまま中止にするか、ふたりだけで出るか。

監督は決めかねていて、「歌種さんはどうしたい？」と訊かれた。由美子としてはもちろんやりたい。けれど、千佳の意向がわからなかった。

だから、答えは保留にしてもらった。

千佳がやりたがらないなら、やるべきじゃないと思ったからだ。

「嫌だったら、今からでも監督に頭下げてくるけれど」

千佳はそっぽを向く。

彼女がライブをふたりでもやりたい、と言ってくれることは正直嬉しい。

けれど、ふたりでやるという意味を、彼女は理解しているのだろうか。

「……渡辺。わかってる？　このイベントに来るお客さんのほとんどは……」

「桜並木さん目当て。そんなの、言われるまでもない。わかっているわ」

そう。わざわざイベントに来てくれる人のほとんどは、桜並木乙女のファンだろう。夕暮夕陽と歌種やすみのファンもいるのは間違いないが、圧倒的に数が違いすぎる。

そんな中、乙女を除いたふたりでライブをやったら。

下手をすれば大事故になる。

由美子には、傷付く覚悟がある。それでも出たい、と思える。

そして、それは千佳も。

「彼女がいなくても盛り上げてみせるわ。わたしだって声優なんだから。プロなんだから。彼らを楽しませる義務がある。あなたはそんなふうに思わないの？」

まっすぐに目を見つめながら、千佳は熱い息を吐く。

瞳の奥の光はとても強い。

化粧で隠しているはずなのに、眼光の鋭さが漏れ出ていた。

千佳はアイドル声優を良しとしない。

人前で踊るなんて嫌だ、とはっきり言っていた。

そんな彼女を、乙女なしのライブに付き合わせるのはどうだろうか、と考えていた。

けれど、そんな千佳が、やる気の炎を燃やしているのを見た。

由美子は、それが嬉しかった。

「……しょうがないな、うちのお姉ちゃんは。あたしは遠慮しないで、思い切りやるからね」

「上等よ。監督に頼んだから、ステージはギリギリまで使わせてもらえる。今から立ち位置や振り付けを再検討するわよ」

ふたりは唇を歪めながら、まるでアイドル声優らしくない表情でステージに向かった。


「ステージをもっと大きく使うのよ。振りは大きく、大袈裟に。移動するときもできるだけ派手に。走り回るくらいで丁度いいわ」

「上手く歌うことを意識するより、もっとライブ感を大事にした方がいいと思う。声張った方がいいかも。いっそどっかで叫ぶ？」

「前に出るときは、できるだけお客さんに近付けるように努力しましょう。それとアピール。お客さんに対して多く手を振ったりとか、たくさんの人と目を合わせるとか」

「間奏で煽るだけ煽るか。あたしがやるよ。こういうのは多分、あたしのが合ってる」

限られた時間の中で何度もリハを繰り返し、その度にふたりで改善点を積み重ねた。

いかに盛り上げるかを追求し、とにかくこの一曲にすべてを捧げるつもりで。

どうにか形にはなったと思う。

そのあと、病院から帰ってきた乙女と合流した。

彼女は何度も何度も由美子たちとスタッフに謝り、せめてトークショーは頑張るから、と涙ながらに言った。

そして、開演時間になった。

音楽が鳴り響き、観客の大きな歓声を聞きながら、三人はステージに上がっていく。

当初は走りながら飛び出す予定だったが、乙女の足があるので、ゆっくりと上がった。

先頭の由美子が姿を現した途端、歓声が増す。

観客席にはたくさんの人が並び、目をきらきらさせながらステージを見つめていた。

客の視線がすべてこちらに捧げられる。

「やすやすー！」

どこかでそんな歓声が聞こえ、自然と笑顔になった。

手を振ると、より歓声が大きくなるのが嬉しかった。

そして、後ろから千佳が現れる。彼女はにこにこと愛想よく手を振っていた。

彼女の人気は確固たるもので、歓声の圧がすごかった。

「夕姫ー！」

声が重なる。それに悔しさを覚えながらも、今はそれが頼もしかった。

しかし。

そのあとだ。乙女が袖から現れた途端、歓声がどかんと増した。

「さくちゃーん！」

そんな声が無数に届く。びりびりとした空気の震えを感じ、内心、愕然とした。

ここまで違うのか。彼女が人気者であることはわかっていたけれど、ここまで。

このあとに乙女抜きでライブをするのだ。

果たして、成立するのか……？

不安がぶくぶく大きくなるのを感じていると、千佳にぽん、と背中を叩かれた。

彼女の目は観客に向いたままだが、由美子の不安を感じ取ったのだろう。

いや、もしかしたら。千佳も同じように不安を覚えたのかもしれない。

背中に触れた一瞬の温かみに、不思議と心が軽くなった。

マイクを口に持っていき、三人で声を合わせる。

「「「こんにちはー！　ハートタルトでーす！」」」

地響きのような歓声が会場を揺らした。

軽く挨拶をしたあと、乙女が一歩前に出た。

彼女には伝えなくてはいけないことがある。

前列の客は気付いたが、乙女の足には痛ましい包帯が巻かれている。

「まずは、皆さんに謝らないといけないことがあります……」

乙女が本当に申し訳なさそうな表情で切り出すと、不安の色が会場中に広がっていった。

「実は……」

たどたどしく、乙女が事の成り行きを説明した。

自分の不注意でケガをしたこと、そのためにライブに出られないこと、けれど由美子たちがふたりでライブを行うこと。

乙女が出られない、と言っても、ブーイングなんかは起きない。

こういうイベントのお客さんは基本的に優しい。「えー！」なんて声すら上げない。

本人を労わる気持ちの方が強いからだ。

しかしそれでも、抑えられないものがある。

それが今。観客の顔は曇っていた。

出られないの？　せっかく来たのに。そんな言葉が聞こえてしまいそう。

「本当にごめんなさい」

乙女が頭を下げると、「いいよー！」と客のひとりが叫び、笑いが起きた。

ここだ、と由美子は察する。マイクを口に持っていき、声を張り上げた。

「その代わりライブは、やすみとユウちゃんのコーコーセーコンビが！　頑張って盛り上げちゃいますよー！」

すると、観客がおー！　と歓声を返してくれる。半分以上義理だ。そんなことはわかっている。しかし、そんな声がとてもありがたかった。

「さくちゃんにはですねぇ、トークでしぃっかり笑いを取ってもらいますから～、大爆笑、よろしくお願いしますよぅ」

千佳がとぼけたことを言って、笑いを起こす。良い空気だった。

このまま、その空気を保ってくれ、と願わずにはいられない。

由美子の願いが通じたのか、それとも乙女が頑張ったのか。

トークショーは良い雰囲気のまま進み、かなり盛り上がったと思う。

そうこうしているうちに、ついにライブの時間になってしまった。

出られない乙女は、惜しまれながらステージの袖に捌けていった。

ステージにふたり残される。

乙女が捌けたらすぐにライブを行う、と言われていたが、正直助かった。ふたりだけだと緊張で押し潰されそうだ。

曲のイントロが始まる。

動き出す直前、千佳の方に目を向けると、同じように彼女もこちらを見つめていた。

自然と頷き合う。

大丈夫、大丈夫だ。

自分といっしょに踊るのは、あの夕暮夕陽なのだ。

絶対に成功する！

「みんな――――！　いっくよ――――ッ！」

力いっぱいに叫び、勢い良く動き出す。流れるようにスムーズに、しかし、派手に踊る。

身体が軽い。今なら、最高の動きができる気がする。

声はしっかりと腹から出ていき、会場に響いた。歌声も問題はない。

イヤモニから聴こえる千佳の歌声は、普段より激しかった。

熱く弾けるような歌声が耳の中で震え、由美子の胸を熱くする。

千佳のパフォーマンスは素晴らしかった。

派手な振り付けに心に響く歌声、観客だったら見惚れたと思うほどだ。

しかし、負けるわけにはいかない。歌種やすみも負けてはいない。

自身でも信じられないほどにキレのある踊りを披露していく。

おかげで、観客は沸いてくれた。盛り上がってくれた。

歓声は大きく、サイリウムの光が激しく揺れる。

由美子が煽れば、それ以上に応えてくれる。凄まじい熱が発せられ、それを浴びてより歌声が強くなる。コールはいくつも重なってこちらに届き、観客自身を煽っていく。

熱いライブだ。間違いなく、盛り上がっている。

……しかし。

それでも、届かなかった。

桜並木乙女が居ればこの比ではなかった。

もっと激しいうねりが会場を覆っただろう。

そう感じる。感じてしまう。観客の熱を直接受け、目の前にいるからこそわかってしまう。

「あぁ、今日は彼女の歌を聴きにきたのに」

そんな声が、奥深く眠っている。

それはどうしようもない。その考えを吹き飛ばせなかった、由美子たちが悪い。

曲が終わった瞬間、大歓声を浴びたけれど、それはとても虚しいものに感じられた。

越えられなかった。

その結果だけが、由美子たちの胸に残り、ライブは終わった。


「……何してんの」

イベント終了後、千佳を探して会場を回っていたら、彼女は舞台袖の階段に座り込んでいた。

見えづらい位置に座っていたので、隠れていたのかもしれない。

外は夜のとばりが下りていた。

乙女はマネージャーが車で迎えに来ていて、去り際にまた何度も何度も謝罪したあと、一足先に帰っていった。由美子たちも帰っていいと言われている。

既に服は着替えたので、あとはもう出るだけだ。

千佳は膝を抱えて座っている。由美子が来たときは顔を伏せていた。

顔を上げた千佳の目が赤いのを見て、「こいつでも泣くのか」と変な感想を抱いてしまう。

由美子も隣に座る。

彼女の足元に、ミネラルウォーターのペットボトルを置いた。

千佳はそれを一瞥して、ひっそりと口を開く。

「……こういうときは甘いのが飲みたい」

「あんたね……」

呆れつつも、ちょっとだけ安心した。わがままを言う気力はあるらしい。

「……佐藤。悪かったわ。付き合わせて」

彼女は膝を抱えたまま、ぼそりと呟く。

「あれだけ大口を叩いて、あなたを煽って、それであの様。情けなくて死にたくなる」

本当に死んでしまいそうな声だ。

実際はそこまで悲観するほどではない。ライブはきちんと盛り上がったし、ふたりは仕事をこなしたと言えるだろう。

しかし、決めたのだ。

桜並木乙女がいなくても、同等に盛り上げると。あるいはそれ以上のライブにすると。

そう意気込んだのに、彼女を越えることは到底叶わなかった。

由美子は自分の手を見つめ、少し考えてから口を開く。

「謝るのはあたしも同じだよ。力不足だった。もちろん、渡辺の力も足りなかったけど」

責任を背負い込むつもりはないが、相手だけに持たせるつもりもない。

付き合わせた、という言葉も見当違いだ。

由美子だって、ライブには出たかったのだから。

「……謝らないで頂戴」

千佳は目に涙を浮かべると、そのまま顔を伏せてしまった。肩が震えるのが見える。

ふ、と息を吐き、彼女の頭に手を置いた。ぽんぽんと優しく叩く。

払い除けられるかと思ったが、彼女は大人しくされるがままだった。

「乙女姉さんみたいな、すごい声優になりたいな。……いや。姉さんよりも、もっと」

階段にもたれかかりながら、ぼんやりと言う。

上手くなりたい。演技も、歌も、ほかのことも全部。

そんな感情があとからあとから湧いてくる。気持ちは静かで落ち着いているのに、内に宿った炎が燃えたぎっているのがわかる。これはしばらく尾を引くだろう。

「いつか……。頑張って頑張って、色んなことをうーんと上手くなってさ……、乙女姉さんを越えよう。今度こそ、さ」

静かに、けれどはっきりと願望を口にする。

いや、願望というより目標だ。走り続けるための目標。

苦い思い出となった今日を踏み越えるため、由美子はそんな目標を口にする。

千佳は顔を上げると、ぐす、と鼻を鳴らした。

前を向いたまま、彼女もまた静かに言った。

「当然よ……、このままで終わるものですか。出直し。今日のところは出直しよ。わたしも、あなたも」

忘れられたかのようにだれも来ない場所で、声に出してお互いを確かめ合った。

※　※　※

木村はパソコンの前でため息を吐いた。

夕暮夕陽、歌種やすみが近くの学校に通っていることがわかって、数週間。

あれから情報は増えていない。ふたりのツイッターを遡って確認し、コーコーセーラジオはすべて聴き直した。ほかのラジオに出演すれば、それも聴いた。それでもダメだった。

いや、正確にいえばひとつだけ増えた。彼女たちのクラスが一組だということ。以前、そのようなことを言っていた。しかし、それを知ったからと言ってなんだというのか。

「あとはもう、各高校の前で張り込む、くらいしか方法はないか……」

あまり泥臭い方法は取りたくなかったが、見方によってはドラマチックと言えなくもない。だってそうだろう。自分は数少ない情報から、彼女たちを探し当てた。

そんな自分がひとり、校門前で佇む。そこに彼女は現れる……。

彼女に近付き、そっと「見つけたよ」と声を掛ける。

まるで映画のワンシーンのよう。うっとりする。

この出会いがきっかけで友達になれたり、さらにはその先にいくことができるかも……。

「清水の奴、悔しがるだろうなぁ……」

もし自分が夕姫と知り合いになったら、どんな顔をするだろう。『夕暮の騎士』なんて名乗り、くだらない動画を必死で上げているうちに、ほかの男に圧倒的な差を付けられるのだ。

そもそも清水は、有名人を追いかけて喜んでいるだけで、オタクでも何でもない。その意識の低さが、こういうところで如実に出るのだ。

なんて痛快だろう。

想像すると、つい顔がにやついてしまう。ざまぁみろ、と心の中で叫(さけ)んだ。

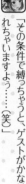

「はい！　と、いうわけで！　今日はなんとなんと！　ゲストさんが来てくれています！」

「16回目にして、初ゲストさんですよ～。それでは、どうぞ～」

「こんにちはー、桜並木乙女です～。やすみちゃーん、夕陽ちゃーん、来たよー」

「さくちゃーん！　ようこそようこそ！　いらっしゃいませ！」

「ようこそ来てくれました～」

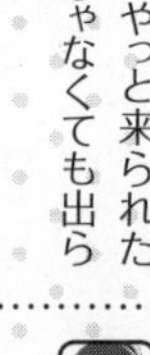
「ずっと来たかったんだけど、やっと来られたよー。このラジオって高校生じゃなくても出られるんだね？」

「その条件で縛っちゃうと、ゲストがかなり絞られちゃいますよぅ……（笑）」

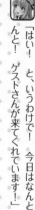

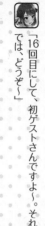

「だから大変だなぁって……（笑）でも、ふたりが卒業しちゃって高校生じゃなくなったらどうなるの？　名前変わるのかな？」

「一回訊いたことあるけど、考えてないって言ってた（笑）」

「まぁ～、わたしたちが卒業するのって随分先のことだしねぇ～……（笑）」

「やっちゃんとさくちゃんは、普段から遊んだりするんですよね～？」

「そうだね、遊ぶよー。前もやすみちゃんが家に泊まりに来てくれてね。楽しかったねぇ？」

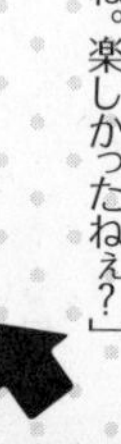

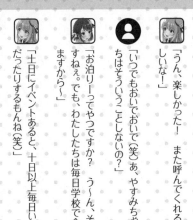

## 夕陽とやすみのコーコーセーラジオ！

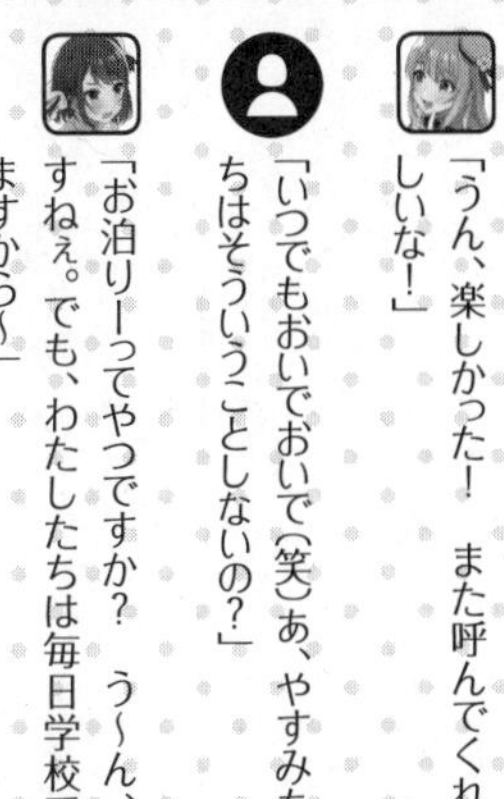

「うん、楽しかった！　また呼んでくれると嬉しいな！」

「いつでもおいでおいで(笑)ぁ、やすみちゃんたちはそういうことしないの？」

「お泊りーってやつですか？　う〜ん、そうですねぇ。でも、わたしたちは毎日学校で会ってますから〜」

「土日にイベントあると、十日以上毎日いっしょだったりするもんね(笑)」

「お前らカップルかよ〜っていうくらい会ってるよねぇ(笑)」

「えー、でもお泊り会も楽しいよ？　ゆっくりおしゃべりできるし。前もやすみちゃんと一晩中お話してたもんねぇ」

「……そ、そうだねぇ」

「…………。じゃ、じゃあ今度、やっちゃんうちに泊まりにきてよ〜」

「え、えー、行っていいの〜？」

「う、うん、大丈夫〜、来て来て〜……」

**to be continued……**

オッケーでーす、という声が聞こえたので、イヤホンを外す。

今日はゲストの乙女がいるので、ブースの中はいつもより狭く感じた。座っている場所も違う。乙女は朝加の隣。その向かいに由美子と千佳が隣同士で座っている。

乙女はふぅと息を吐くと、にこにこした顔で「お疲れ様」とのんびり言う。

その顔を見ながら、由美子は「姉さん！」と大声を上げた。乙女がびくっとする。

「ど、どうしたの、やすみちゃん」

「ダーメだって、あんなこと言っちゃ！　あんな流れになるに決まってんじゃん！」

「え、だ、ダメなの……？」

乙女は戸惑いの表情を浮かべていた。

それはそうだ。これは完全に八つ当たりである。

そもそも彼女は本心から「お泊まりは楽しいからするといいよ」と言っているだけだ。

だが、由美子は千佳の家にお泊まりなどしたくない。千佳も同じ気持ちだろう。

けれど、千佳には数少ないこだわりがある。

〝できるだけラジオで嘘は吐かない〟。ファンに嘘だらけの姿を見せているのだから、せめて嘘の数は少なくする。それが千佳のこだわりだ。

千佳は前かがみになりながら、手で顔を覆う。

「はぁー……」

たっぷりのため息のあと、力のない瞳を由美子に向けた。

「いつ、泊まりに来られる……？」

こんなにも嫌そうなお泊まりの誘いは初めてだ。

あたしだって嫌じゃ。由美子は喚きたくなる。


幸い……、と言っていいのかわからないが、今は夏休み。

お泊まり会の予定を立てるのは容易だった。

次のラジオの収録日、そのまま千佳の家に泊まることが決定する。

収録を終え、ふたり並んでスタジオから出た。一仕事終えたというのに気分は重く、疲労感が肩にのしかかっている。

はぁ、とため息が漏れた。同じようなため息が隣からも聞こえる。

「……行きましょうか」

げんなりしながら、千佳は駅の方向を指差す。

由美子は頷いてから、千佳とともに歩き出した。軽口を叩く。

「ラジオでの嘘を増やさないためにお泊まりするだなんて、声優の鑑だな、あたしたちは」

「そうね。心休まる家での時間を、あなたのような野蛮人に提供するだなんて、わたしは聖母かもしれないわ」

「はぁん。なら、友達ゼロの聖母の家に行ってあげるあたしは、さしずめ天使ってところか」

「ケバい天使もいたものね」

「ヒステリックババアに言われたくないな」

互いに顔を見合わせ、うふふ、と強張った顔で笑う。

駅のロッカーから小ぶりのボストンバッグを取り出し、千佳といっしょに電車に乗り込む。

車内は思ったよりも混雑していて、ふたり並んで扉の近くに立った。

ぼうっと窓の外を眺める。外の景色が流れていき、暗い夜を建物の光が照らしていた。

「ねえ」

こつんと肩を小突かれる。

そちらに顔を向けて、少しばかり驚いた。千佳の顔が思った以上に近かったからだ。彼女の髪が肩に触れている。

電車の音に負けない声量を出すのが億劫らしく、すぐそばで話しかけてきた。

「ごはん。どうする?」

耳元で囁かれ、ぞくっとした。

さすが声優だけあって声がいい。

変な嫌がらせを覚えたじゃないか、と千佳を睨もうとしたが、くすぐったさが勝って複雑な表情になってしまう。

そんな由美子を見て彼女は不思議そうにしていた。

……別に嫌がらせではないらしい。

ごほん、と咳払いしてから口を開く。

「あんた、普段何食べてんの」

「弁当屋さんかファミレス。帰り道にはそれくらいしかないわ」

千佳が以前、食事は自分で用意する、と言っていたのを思い出す。

コロッケの話から考えるに、外食中心の生活でろくに自炊もしないのだろう。

別に弁当でもファミレスでもいいのだが……。

「……何か作ったげようか？」

ぼそりと呟く。特に深い意味があって言ったわけではなかった。聞こえなかったら聞こえなかったでいい、と思うぐらいのことだ。

しかし、彼女にはちゃんと伝わったらしく、目をぱちくりさせた。

「べ、別にいいわよ、そんなの……」

口ではそう言いながらも、ちらちらとこちらを窺っていた。

「……さ、参考までに、佐藤は何を作れるの」

「何が食べたいの」

作れる料理を羅列なんて面倒が過ぎる。問いかけを返すと、千佳はしばらくもじもじと言いづらそうにしていたが、最後には絞り出すような声で言った。

「……オムライス」

「いいよ。作る」

「！　ほ、本当？　半熟のやつじゃないわよ？　卵がしっかりしたやつ！　あと、デミグラスじゃなくてケチャップがいい！」

「わかったわかった」

子供かよ、と由美子は笑う。

卵は綺麗にふわふわとろとろにできるし、デミグラスソースなら自作するくらいこだわりがあるのだが、リクエストならば仕方がない。

「あー、じゃあふたりで晩御飯作ってツイッターに写真上げるか」

「それはとてもいい考えね……。そうしましょう」

こくこくと頷く千佳がどれだけ役に立つかは疑問だが。

電車を降りてからスーパーに寄った。「冷蔵庫に何が入ってる？」という問いには「飲み物」、「食材は何がある？」という問いには「お米しかない」という力強いコメントを頂いたので、食材はすべて買っていった。むしろ、米があるだけマシと思うべきかもしれない。

住宅街をふたりで歩いていると、「ここ」と千佳が立ち止まった。

見上げて驚く。

高層マンションだ。ガラス張りのエントランスは大きく広く、当然オートロックである。

千佳は平然と中に入っていく。由美子はつい、きょろきょろしてしまった。

エレベーターに運ばれながら、由美子は尋ねる。

「もしかしなくても、渡辺の家ってお金持ち？　お母さん何やってんの？」

「弁護士。あと父親からの養育費があるから、生活には随分余裕があるわね」

「はー……、なるほど。そりゃお金あるわ……。でも、あんた金持ちなのにコロッケとご飯だけの夕食とか、ことわざにでもなりそうな生活してんのね。お金持ちだからって豊かであるとは限らない、みたいな」

「人の食生活を教訓にしないで頂戴……」

綺麗で落ち着いた雰囲気の廊下を歩き、千佳が部屋の扉を開く。

部屋の中はマンションの外観ほど、インパクトはない。生活の空気を感じる。部屋自体は広いし、インテリアやレイアウトには品があるけれど、ごく普通のお家だ。少しほっとした。

ふたりとも空腹だったので、早速夕飯の準備に取り掛かった。

キッチンも広く、ふたり並んでも余裕で使える。

それと、キッチン自体が異様に綺麗だ。普段はあまり使わないのだろう。

先に米を炊いておこう、と由美子はさくさく米を研ぐ。

「わたしは何をすればいい？」

千佳がそわそわしながら訊いてきた。

「あぁ、しまった……、渡辺に米を研いでもらえばよかったかな……。まぁいいや。じゃあお姉ちゃん、鶏肉切ってくれる？　チキンライスに入れるやつ」

千佳は何も言わずに従う。鶏肉をまな板に置き、包丁を右手で強く握りしめた。

しかし、なぜかそのまま動かなくなってしまう。

「……佐藤。鶏肉ってどのくらいの大きさに切ればいいの」

「あん？　適当でいいよ、そんなの」

「出たわ。あなたのそういうところ、本当に嫌い。あなたの言う適当って、どうせいい加減な方の適当でしょう？　これでわたしが物凄く大きく切って、『はーい適当でーす』って言っても受け入れるんでしょうね。あなたの言っていることってそういうことよ」

「なにキレてんだよ……。小さくだ、小さく。チキンライスに入れるんだから、どんなもんか大体わかるでしょうよ」

「はいはい、出た出た。お得意のマウントが出たわ。自分が料理できるからって随分な言いようね。そうは言うけど、あなたの言うチキンライスとわたしのチキンライス、それが一致する保証なんてひとつもないでしょう？　どうするのよ、わたしのチキンライスがとてもトリッキーなものだったら。責任取れるの？」

「面倒くさっ！　もういいよ、あんたが米研げよ……。あとはあたしがするから……」

手を拭いてから包丁を奪い取り、米を研ぐように言う。

千佳は不満げな表情を浮かべていたが、結局は従っていた。

「終わったわよ。次は何をすればいい？」

てきぱきとオムライスの用意を進めていると、しばらく経ってからそう報告を受けた。

由美子は悩む。

サラダでも作らせようと思っていたが、さっきの調子だとそれすら怪しい。

手伝わせると余計に手間が掛かりそうだ。

子供に「お手伝いしたい」って言われたときのお母さんは。こんな気持ちなのかね……、と考えていると妙案を思いついた。

「あぁじゃあ、こっちはもういいから、渡辺がなんか一品追加してよ。何作れる？」

そっちの方がふたりで作った感が増しそうだ。さすがに何かは作れるだろう。

千佳は空中に視線を彷徨わせてから、声を絞り出す。

「た……、卵焼き、なら」

「おお。いいじゃん、卵焼き。あたし好きだよ。食べたい」

「で、でも。オムライスだから、卵が被ってるわよ。いいの？」

「いいっていいって」

手をひらひらさせながら言う。すると、彼女は黙って冷蔵庫に向かった。

しばらくは各々の作業に没頭する。

こちらの料理はすべて出来上がったので、テーブルに並べる。

上品な木製テーブルに料理を置くと、なかなかに見栄えがよかった。

ぷっくりしたオムライスはリクエスト通り、しっかり熱を通してある。艶のある卵がてかてかと光を跳ね返し、真ん中に真っ赤なケチャップが色を添えていた。

ほかにはコーンスープとサラダが、食卓を彩る。

レタスとトマトのおかげで色合いもいい。

あとは千佳の料理を添えれば完成である。

ここに卵焼きが並ぶのは異質だが、ツイッターに上げるときは『ユウちゃんの得意料理！』とでもコメントを付け加えればいいだろう。

「よっしゃ。あとは渡辺のを並べて写真撮るか。卵焼きは？」

「…………」

由美子の言葉に、千佳は皿を持ち出してくる。

ことん、とテーブルに置いた。

皿を見る。黒と茶色が混ざった白身に、薄い黄色の歪な丸が乗っている。形の悪い黄身はふたつあった。どちらも膨らみを失い、べちゃりと潰れている。

……これが卵焼き？　いや、これは……。

「卵焼きじゃなくて目玉焼きじゃん！　しかも焦がしてんじゃねーよ！」

目玉焼き。フライパンの上に卵を落としただけ。しかも焦がしている。超焦がしている。

千佳は黙って目玉焼きをテーブルから取り除くと、スマホで料理の写真を撮り始めた。

その写真をツイッターに上げようとする。コメントは『やっちゃんが泊まりにきてくれました☆ふたりで晩御飯作ったよ！』というもの。

由美子はスマホを奪い取るために摑みかかる。

「おっまっえっ！　ふざけんな、渡辺は何もしてないでしょうが！　嘘吐きたくないって言ってたのはどこのどいつだよ！」

「うるさいわね、ちゃんとお米を炊きました！　ふたりで作ったって言う権利はわたしにもあるわ！」

「じゃあ目玉焼きもいっしょに置いて『これはわたしが作りました！』って宣言しろや！」

わちゃわちゃと言い争いをしたものの、結局彼女は頑として目玉焼きを戻そうとはしなかった。

仕方なく、由美子も写真を撮った。

夕暮夕陽の家に泊まりにきたことをツイートする。

そこではたと気が付く。自然と料理の写真を上げている。

以前は、自身の環境を色々と考え、結局上げることはなかった料理の写真を。

「？　どうしたのよ。早く食べましょう」

いつのまにか席に着いた千佳に促され、由美子も座る。

きらきらした目を料理に向けながらも、大人しく待っている千佳を見た。

……こういうのも、たまには悪くないかもしれない。

たまには。たまにはだが。

食べていい？　食べていい？　と目で訴えてくる千佳に、どうぞ、と促す。

互いにいただきます、と手と声を合わせ、少し遅い晩御飯となった。

「！　おいしい……。佐藤、これおいしいわ。ほら、早く食べて。すごくおいしいから」

「わかってるって……、はしゃぎすぎでしょ。子供じゃないんだから」

オムライスを口に含んだ途端、上機嫌で勧めてくる。

作ったのは自分なんだから、味の予想はある程度ついているのだが……。ただ、嬉しそうに食べる千佳を見ていると、「作って良かったな」と素直に思った。

しかし、途中で難関が立ちはだかる。

目玉焼きだ。

焦げ焦げで、形の崩れた目玉焼きが残っている。

食べないわけにもいかず、せーので口に含む。

途端、焦げ臭さが鼻を抜けた。お世辞にもおいしいとは言えない。

けれど、千佳がせっかく作ってくれたのだし、正直に言うのも憚られた。

「ええと……、ちょっと焦げてるけど、食べられなくは……」

「びっくりするほど焦げ臭いわね。失敗したわ。普通にまずい」

「あたしの気遣い返してくんない？」

そんなやり取りを挟みつつ、半分ほど食べ終えたあと、思い出して千佳に伝える。

「そうだ。渡辺のお母さんの分もあるから、連絡しときなさいよ。冷蔵庫に入れてある」

「……あなた、そんなことまでしてくれたの？」

「大袈裟に言うことじゃないよ。ついでだ、ついで。泊めてもらってるし」

オムライスをあぐ、と口に含みながら、軽い調子で言う。二人分も三人分も変わらない。

しかし、千佳はいたく感激した様子で、急いでメッセージを打ち始めた。

彼女のそんな姿を見て、由美子は自分が微笑んでいることになかなか気付かなかった。

「はー……、中も広いし、浴槽大きいのいいなぁ……」

風呂場に入り、感嘆の声を上げてしまう。清潔感があるのも好感が持てた。

家の中も片付いていたし、千佳や母親は綺麗好きなのかもしれない。

食事を終えたあと、「洗い物はしておくから、先にお風呂入っちゃって」と千佳に言われたので、こうしてお言葉に甘えている。

髪や身体を洗ってから、広い湯船に身体を沈める。自然と口から安堵の息が漏れた。

気持ちいい。

人の家でのんびりお風呂に入って、あぁ泊まりにきたんだなぁ、と妙な実感が湧く。

ちゃぷちゃぷとお湯を揺らしていると、洗面所の扉が開いて声を掛けられた。

「湯加減は大丈夫？」

「あー、だいじょぶ」

「そう」

わざわざそんなことを訊きに来たのだろうか、と思ったが、別の用事があったようだ。

千佳は洗面所から出ていかず、何やらごそごそしていた。

入浴中に洗面所に居られると、なんだか落ち着かない。

早く出ていかないかなぁ、と考えていると、扉が開いた。

風呂場の扉が。

「は？」

間抜けな声が漏れる。そこにはすっ裸の千佳が立っていたからだ。

日に焼けていない白い肌が光を浴び、細い身体を晒している。

きゅっと締まったくびれ、滑らかな曲線を描く腰つき、細くて綺麗な脚の色気は尋常ではない。胸はないが、スレンダーが好みの男には垂涎ものだ。

彼女は風呂椅子に腰かけ、シャワーで髪を濡らし始めた。

「あ、あんた、何で入ってきてんの？　いっしょに入る必要ある？」

至極真っ当な疑問を指摘すると、なぜか千佳は不敵な笑みを浮かべた。

知らないの？　と言わんばかりの顔つきで戯言を垂れ流す。

「裸の付き合いってやつよ。女性声優がいっしょにお風呂に入ったりするでしょう。ラジオでもたまに聴く話だわ。なら、わたしたちも押さえておかないと」

自慢げに話す千佳に、由美子は頭が痛くなる。

そんなミスする？

こめかみを指で押さえながら、彼女にその間違いを指摘した。

「……あるよ、確かにある。あたしもラジオで聴いたことあるよ。でもね、渡辺。それってみんな、スーパー銭湯や温泉での話だから。こうやって家風呂でふたりで入るとかないから」

「…………………」

ぴたりと彼女の動きが止まる。

前を向いたまま、黙り込んでしまった。

思い返してみて、ようやく間違いに気付いたのだろう。

由美子は追い打ちをかける。

「裸の付き合いは普通、家風呂ではやんないの！　この距離感は絶対おかしいでしょうが！　百合営業にしたって、アクセルベタ踏みで引かれるわ！　ラジオでも話せねーよ！」

「…………。そんなに声を荒げないで。ちょっとした冗談じゃない」

ジョークですけど？　というような顔を作る千佳。

そのまま、淡々と髪を洗い始めてしまった。

……すぐに下手なごまかしをする。

何にせよ、彼女の妙なボケのせいで、ふたりで家風呂に入るという状況になってしまった。

今ここで千佳の母が帰ってきたら、おかしな仲を誤解されそうだ。

変なところで天然だよなぁ……、と髪を洗う千佳を見やる。

両手を上げて頭を洗っているため、彼女の身体がよく見える。泡が肌を伝う。手から腋、腋から胸へ、つぅーっと降りていく泡を見ていると、つい素直な感想が口から漏れてしまった。

「お姉ちゃん、本当びっくりするくらいおっぱいないね……」

「は？」

「こっわ……」

目に泡が入ってもお構いなしに、ぎろりとこちらを睨む。

凄まじい目力だ。由美子が黙るとふん、と鼻を鳴らし、前に向き直った。

「『人の容姿の悪口を言ったらダメだ』って小さいときに習ったでしょう。言っちゃダメよ」

「あんた、あたしの見た目をめちゃくちゃ煽り倒しておいてそれ？　それに、胸のない方をイジるのは伝統芸能っていうか、それこそ声優ラジオじゃありがちじゃない」

「もしあなたがラジオでわたしの胸をイジったら、その瞬間にあなたの胸を噛みちぎるわ」

「こっわ………」

まぁ千佳が貧乳を気にしているのは本当だし、もう触れないでおこう。

由美子は何も考えずに湯を楽しむことにした。

気が付けば、千佳が身体を洗い終えていた。

このあと、普通なら湯船に浸かるところだが、今は由美子がいる。彼女はどうするのだろう。

そのまま出ていこうとしたら、さすがに湯船を譲るけれど。

けれど彼女は、特に躊躇いなくするりと湯船に入ってきた。

由美子は慌てて足を動かす。

しかし、次に彼女の取った行動に「おい」と声が出た。

千佳は向かい合わせに入るのではなく、こちらに背中を向け、もたれかかってきたのだ。

「あら不思議。佐藤の姿が見えないのに、声だけが聞こえるわ」

「張り倒すぞ。ふたりで浴槽に入るなら普通は向かい合わせでしょ」

「でもこれ、快適なのよね。わたしは佐藤を見ずに済むし、背中はやわらかいし」

「その負担が全部あたしに来ているんですが？」

彼女はいつもよりちょっと狭い程度だろうが、こっちは窮屈極まりない。

足を開いたところに彼女の身体がすっぽり入る。

白い肌はピンク色に染まり、艶と色気が増していた。

髪はしっとり濡れていて、シャンプーのいい香りがさっきから鼻をくすぐる。

「んひゃっ」

邪魔くさいので脇腹をつつくと、千佳はびくっとして甲高い声を上げる。

慌ててこちらから離れ、向かい合わせの位置に座り直した。

「わ、脇腹をつつくなんて。いやらしい」

「風呂に突撃してくる方がよっぽどいやらしいわ」

千佳はすぐに何かを言い返そうとした。

しかし、その動きが止まり、視線が一点で固まる。

視線の先にあるのは、明らかに由美子の胸だ。

女同士だから見られて恥ずかしくはないが、あからさまに注目されるのは抵抗がある。

胸を両手で隠すと、千佳ははっとして顔を上げた。

目が合う。

どうやら、間違いでも何でもなく、千佳は由美子のおっぱいを凝視していたようだ。

「……人の乳を見過ぎ」

注意すると、珍しく千佳は「ごめんなさい」と素直に謝った。

「随分と立派なものをお持ちだから、つい見てしまったの。悪気はなかったから許してほしい」

「胸相手だと態度が普段と違いすぎる……。立派なものって言うけど、別にすっごく大きいっていうわけじゃないしさぁ。そりゃ何もない渡辺からすれば、大きいかもしれないけど」

「そうね。わたしのとはぜんぜん違うわ」

「…………」

ツッコミ待ちで言った言葉に、冷静な自己分析を返されてしまう。

普段はあれだけ天邪鬼なのに、胸相手だとなぜこうも素直なのか。

もうあからさまに見てくることはなかったが、それでもちらちら視線を胸に向けてくる。

間に耐えきれず、由美子はふざけながら口を開いた。

この空気を終わらせようとしたのだ。

「そんなに気になるなら、触ってもいいよ」

「いいの!?」

……いいの!?

予想と違った反応に戸惑う。口籠っている間に、彼女は両手を合わせて拝み始めた。

「感謝するわ、佐藤。あなたがここまで慈悲深いとは思わなかった」

そんなわけのわからないことを言い出す始末だ。

え、なにこれ。

触らせなきゃいけない状況？　もう胸を提供しないと収まらない？

由美子が混乱しているうちに、千佳はずい、と前に出た。

「悪いけれど、上半身をお湯から出してくれる？　せっかくの機会だから、直がいいわ」

「え、あ、はい」

その場で正座し、言われた通りに上半身をお湯から出す。

千佳は晒した胸をじっと見つめ、そして何の躊躇いもなく手を伸ばした。

むにゅ、と掴まれる。力を入れず、優しく揉まれた。

彼女の指が動くたびに胸の形が変わり、指は軽く沈んでいく。

「へぇー……、ほぉー……、なるほど、こういう感じなのね……」

しきりに感心しながら、彼女は手を動かし続ける。指が動くたびにくすぐったい。

彼女は顔を近付けながらじっくり胸を観察していて、時折感嘆の声を上げていた。

由美子はどうしていいかわからない。

一心不乱に胸を揉みしだくラジオの相方から目を逸らし、風呂場の壁をただ見つめる。

どういう状況？

同級生といっしょに家風呂に入り、そこで胸を揉まれているというこの状況。

何があったらこんなことになるの？　なんだこれ。何で胸揉まれてるのあたし。

ただただわからない。

しつこく胸を揉みしだいたあと、むふー、という鼻息とともに千佳は手を離した。

「ありがとう、満足したわ。本当にありがとう」

そう重ねてお礼を言ってくる。

「いい胸だったわ。大きさだけでなく、弾力、形と素晴らしいものを持っていると思う。花丸をあげましょう」

「人の乳を採点するんじゃないよ」

「佐藤はあれね。胸は大きいけど、腰が細くてくびれも綺麗でいいわね。お尻もいい形だし。身体だけは百点満点よ」

「いやそれはもう悪口でしょ。殴るよ」

「褒めてるんだけど……。あなたがラジオの相方でよかった、と今初めて思えたくらいなのに」

「あたしの価値は身体だけかよ」

ざぶん、とお湯の中に肩まで浸かり、彼女の腹をげしげしと蹴ってやる。

近いから離れろ、というのは伝わったようで、千佳は大人しく身体を引いた。

彼女も肩まで浸かり直す。

ふぅ、と息が漏れた。千佳も似たような息を吐いている。

「…………」

「…………」

こつん、と彼女の足が当たった。

それに気付かないふりをしながら、千佳の姿を見やる。

落ち着いてしまうと、やはりこの状況が異常であることを再認識する。

高校生にもなって、いっしょにお風呂に入っているだなんて。

……なんか、いまさら恥ずかしくなってきた。

「なんかしゃべってよ」

沈黙に耐えられず、そんな言葉が漏れ出た。

雑な問いかけに文句を言われるかと思ったが、千佳はぼそりと口を開く。

「……さっきの胸の話だけど。面白くできるのなら、ラジオで話してもいいわよ」

意図が読めず、彼女の顔を見た。

さっきまでのはしゃぐ姿はもうなく、物憂げに壁を見つめている。

何となく悟る。

自分で言った、「ラジオの相方でよかった」という言葉で、ちょっとしたスイッチが入ったのだろう。

「……そりゃ、胸の話出して数字が取れるなら、そうするけどさ。最近ますます調子悪いらしいね、あたしたちのラジオ」

『夕陽とやすみのコーコーセーラジオ！』は思うように人気が出ず、伸び悩んでいる。

目新しさで聴いてくれた人は多かったが、根付きはしなかった。「夕陽とやすみが同じ学校の同じクラス」ということ以外に独自性がないからだ。

その中で突出するには、ほかの何かが求められる。

由美子も千佳も、可愛らしいアイドル声優のキャラクターがあるために、あまり無茶なトークはできない。強烈な個性もない。

ならば、人気。

ここ最近ずっと考えていることだ。

自分が夕暮夕陽と肩を並べるほどの人気声優であったなら、と。

黙り込んだ由美子を見て、千佳はそっと呟いた。

「わたしがもっと、話が上手ければ……」

「違う。あたしの人気がないのが悪いんだ」

反射的に言い返してしまう。その声は堅く、そして鋭かった。

はっとして千佳を見ると、彼女は驚いた表情を浮かべていた。

……やってしまった。これでは八つ当たりだ。

悪い、と由美子は立ち上がる。

「出るわ。ちょっとのぼせたかも」

普段から長風呂なのでまだまだへっちゃらだったが、さすがに居たたまれなくなった。

というより、元々この状況が異常なのだ。

風呂から出ていく寸前、振り返って彼女に笑みを向ける。

「胸の話より、多分この状況を話す方が面白くなるよ。渡辺が勘違いして家風呂に突入してきたっていう話の方が」

からかうように言うと、千佳の顔がカッと赤くなった。それで少しだけ溜飲が下がる。

由美子は笑いながら扉を閉じた。

パジャマに袖を通し、千佳の部屋に移動する。

彼女の部屋はシンプルだった。

勉強机にベッド、テレビに収納棚。壁には制服が掛けられている。綺麗に片付けられていて、女子高生としても声優としても特徴のない部屋だった。

棚に並ぶ白箱が数少ない声優らしさだろうか。

「渡辺ってロボット好きだから、部屋にプラモデルとかフィギュアとかあるかと思った」

由美子がぽつりとこぼすと、千佳は肩を竦める。

「母親が嫌いだから。アニメのブルーレイを見ても嫌な顔するもの」

「はぁ……、大変だなぁ。集めてないんじゃなくて、集められないのか」

「持ってないわけじゃないけどね。神代監督の作品は全部ブルーレイ持ってるし、フィギュアもプラモデルもあるわよ」

「……どこに隠してんの？」

「秘密基地」

そう言って、まるで少年のように悪戯っぽく笑う。

珍しい表情だ。素直に笑う分にはかわいい顔なのに、とちょっとだけ思った。

そんなとりとめのない会話をしているうちに、夜も更けていった。

ベッドのそばに布団を敷いてもらったので、由美子はその上でスマホをいじっている。

千佳はベッドで何かの資料を読み込んでいた。

千佳のスマホがぶるっと震える。画面を見て、うっと声を出した。

「どしたの」

「……マネージャーから。ツイッター見たみたいで、料理の写真褒められた。お泊まりしている感じの写真をもっと上げてほしいって」

「お泊まりしている感じの写真ねぇ……」

そう言われても、って感じではあるが。自分も何か撮った方がいいだろうか、と思案する。

「いっそ、今のあなたを撮ってしまえば話は早いのだけれど」

本気ではないだろうが、スマホのカメラを向けられるとヒヤッとする。顔を手でガードした。

「勘弁してよ。思いっきりすっぴんだっつーの」

「いつものギャル姿を撮られるよりはマシだと思うけど」

そう言いながらも、千佳は大人しくスマホを下ろす。

しばらく彼女は考え込んでいたが、思いついたようだ。

ベッドから布団に降りてきて、肩がくっつくほどに身を寄せてきた。

「なに？」

由美子の問いかけには答えず、彼女はスマホを操作する。空いた手でお腹の前にピースを作った。

それで千佳の意図に気付き、由美子はピースサインを千佳の手にくっつけた。

ぱしゃりとシャッター音が聞こえる。

「これはどう？」

画面を見せられる。そこには千佳と由美子のパジャマのアップが映っていた。

映っているのは腹から腰の辺りまでで、その前にはふたりの手が並んでいる。

いんじゃない、と答えると、千佳はそのままスマホを操作し始める。由美子と肩をくっつけたまま。彼女の細い肩は心許なく、触れているとどこか不安を覚えた。

髪が肩の上を滑る。触れると手触りが優しく、しっとりしていた。

指でくるくるといじると、指先に絡んでくる。

それが心地良くて、つい遊んでしまう。

「投稿できたわよ」

こちらを見て、千佳はそう報告する。思ったよりも顔が近い。

はた、と彼女の動きが止まり、視線が由美子の顔に釘付けになる。

「なに……？」

「いえ。あなた、普段あんなに化粧しているのに、肌綺麗なのね」

「そ？　ん、まぁ。手入れはちゃんとしてるしね」

素直に褒められると、ちょっとだけ照れくさかった。視線を逸らしてしまう。

けれど、千佳はこちらから目を離さない。じっと見たまま、口を開く。

「佐藤。あなた、すっぴんの方がかわいいわよ」

「……それは嬉しくない」

げんなりしながら言い返す。

「誉め言葉のつもりで言ってるかもだけど、言われた方は微妙だからね、それ」

「大丈夫。ちゃんと貶しているから。そのつもりで聞いてくれればいいわ」

「こいつ……」

千佳はおかしそうに笑うと、こちらに体重を掛けてくる。

「ねぇやっちゃん」

「何だいユウちゃん」

「あなた、声優を目指したきっかけってなに？」

「なんだ藪から棒に」

寝る前の雑談にしては重い話題だ。

由美子が答えあぐねていると、千佳はベッドに置き去りにされた資料を指差す。

「雑誌のインタビューで答えなくちゃならなくて。書いて提出するの」

なるほど。

考えをまとめていたが、スマホの着信で気持ちが切れた、というところだろうか。

こういう宿題の厄介さは由美子も身に染みているので、素直に答えてあげることにした。

「前も言ったけど、あたしは『魔法使いプリティア』シリーズが好きでさ。子供の頃、ずっと観てたんだ。母親は仕事で夜いないし、子供の頃はばーちゃんも仕事してってさ、家でひとりの時間が長かったんだよね。だからひとりで、『魔法使いプリティア』を観てて……、そこからこっちの世界に憧れを持ったって感じ。プリティアになりたかったんだよね」

プリティアへの憧れはいつしか演者への憧れに変わり、自分もこの世界に関わりたいと願うようになった。

年齢が上がるごとに母や店から受ける影響も強くなり、外見は派手になったが、あのときの気持ちは忘れていない。

由美子の話を聞いて、千佳はしばし考えこむ。

しばらく経ってから、静かに尋ねてきた。

「佐藤。それ、インタビューで答えられる？」

「全部は無理。プリティアが好きっていう話しかしないと思う」

以前、料理の写真を上げなかった理由と同じだ。

由美子の夢には家庭の事情が関係している。

知られて困ることではないが、今話すことでもない。

「そうよね」

ふう、と千佳は息を吐く。

その様子から察する。彼女が声優を目指したきっかけも、「今はまだ話したくない話」に該当するのだろう。

「渡辺は？」

「うん？」

「あんたもあるんでしょ。声優になったきっかけ。なんなの」

普段の渡辺千佳を見ていると、華やかな世界に憧れるタイプではないことはわかる。

以前、アイドル声優についても愚痴っていた。

こんなことをしたいわけじゃない。

そう嘆きながらも、この世界にこだわっている。

千佳はすぐには答えず、その場で座り直した。

体育座りをして、膝の上に顎を乗せる。

しばらく黙り込んでから、ゆっくりと口を開いた。

「わたしの父親がね、アニメーターだったの」

「……へえ」

予想外の話の入り口に、かえって反応が淡泊になってしまう。

まさか業界の人間だとは思わなかった。

「まだ親が離婚する前、父親の関わった作品を観るのが好きだった。『ここは自分が描いたんだ』と教えてもらって、すごいすごいってはしゃいだわ。父親が作品を作っていることが自慢だった。そのうちね、父親の作品に声を吹き込むことが夢になったの。声優になりたい、と思った。それがきっかけ。母親はいい顔しないけれど」

「そうなの？」

「元々アニメに理解ある人じゃないから。父親と同じ業界ってだけでダメみたい」

「……なんでお母さん、アニメに理解ないのにアニメーターと結婚したの？　こう言っちゃなんだけど、弁護士とアニメーターって接点なさそうだけど」

「学生時代からの腐れ縁なんだって。昔は上手くいってたけど、父親が仕事にのめり込んじゃってそれからはもう」

何となく想像できる。アニメーターはとにかく激務だ。

頑張れば頑張るほど忙しくなり、家族との距離が開いていく。

うーん、と心の中で唸っていると、千佳はため息を吐く。

「わたしが声優をやっているのも文句ばかりね。『こんな仕事だとは思わなかった』『あんなみっともないことやめなさい』って」

「…………」

その問題に、由美子は何も言えない。

由美子の親は理解してくれたが、難色を示す親の方が多いのではないだろうか。

「本当はどうでもいいのよ、わたしのことなんて。文句を言いたいだけ。それならいっそ放っておいてほしいんだけど、体裁があるじゃない。母親としては声優自体やめてほしいみたいで」

はぁ、と大きくため息を吐く。

彼女は膝の間に顔を埋めて、「めんどうくさい……」と力のない声で言った。

何も言えない。仕方なく、由美子は話を戻す。

「……なかなか意外だったわ、渡辺が声優になったきっかけ。記事で読んだら面白いんだろうけど、これって……」

「そう。インタビューでは答えられない。……ほんと、いつになったら声の仕事だけに専念できるのかしらね」

こてん、と千佳は由美子の肩に頭を乗せる。珍しく弱っていた。

この問題は、彼女の中で根深いのかもしれない。

今の話は面白いし、夕暮夕陽のパーソナルな部分に触れられるが、今はまだしたくない話だ。

千佳を見る。

彼女のあどけない顔には疲れが滲んでいた。

普段のダウナーな千佳を見ていれば、かわいい女の子を演じるのは苦痛だと伝わる。

由美子だって演技はしているけれど、負担はそれほど大きくない。ファンが喜んでくれるんだから、演じようと素直に思える。

しかし、千佳は違う。

「……早く、無理しないで良くなるといいね」

由美子の声は無意識にやさしくなっていた。

皮肉でもなんでもなく、心からの言葉だ。そうなればいい。彼女が望む形に収まればいい。

今はそう思う。

しかし、由美子がそんなことを言うのが意外だったのか、千佳は身体を離し、由美子の顔をまじまじ見つめた。目をぱちくりさせる。

何も言わずにじっとこちらを見つめる様は、まるで猫のようだ。

こちらの言葉を理解してないのかもしれない……、とバカなことを考えていると、彼女の表情が変わった。

「ふふ。もう」

千佳はふにゃっと笑った。

年相応のやわらかい笑みだった。

こんなにも可愛らしく笑えるような奴だったのか、と目を奪われる。

「そう言ってくれるのは嬉しいけれど。最近は、ちょっとだけ、ほんのちょっとだけど、アイドル声優も楽しいと思うこともあるのよ」

「え。そうなの。あんなに嫌そうだったのに」

「だからたまによ。まぁ、ファンを騙していることに変わりはないから、早くやめたいとは思うけど。でも、うん」

千佳はぼそりと何かを呟くと、そそくさと立ち上がった。

「わ、わたしはもう寝るわ」

照れ隠しをするように、慌ててベッドに戻っていく。

掛け布団を素早くかぶった。背中を向けているので、顔はもう見えない。

「…………」

頬を掻く。最後に何を言ったのかは聞こえなかった。あぁ、聞こえなかった。

由美子も寝てしまうことにした。電気を消して布団の中に入る。

見慣れぬ天井を眺めていると、背を向けたままの千佳が声を掛けてきた。

「佐藤。おやすみ」

「……おやすみ」

まさか千佳と寝る前の挨拶をすることになるとは。

そんな不思議な感慨を覚えながら、由美子は目を瞑った。


しばらくウトウトしていたが、ちょっとした物音で目が覚めた。

むくりと身体を起こす。部屋はまだ暗かった。

ベッドの上の千佳は、規則正しい寝息を立てている。

廊下に出てから物音の正体に気が付く。

音の出所はリビングから。千佳の母親が帰ってきたのだろう。時計を確認したわけではないが、真夜中だ。ご苦労様だなぁ、と思いながら、由美子はトイレを借りる。

トイレから出たあと、リビングを見に行った。

予想通り女性の姿が見えた。スーツ姿でショートヘアの女性だ。

帰ったばかりのようで、ビジネスバッグを足元に置き、キッチンで水を飲んでいた。

「おかえりなさい。お邪魔しています」

声を掛けると、彼女が振り返る。

第一印象は、「千佳とよく似ている」というもの。顔の作りがそっくりだ。目つきの悪さは親譲りらしい。顔には疲れが出ていて、それが皺となって刻まれている。

千佳がそのまま年齢を重ねたかのようだった。

「あぁ……。あなたが。いらっしゃい。何のお構いもできなくて、ごめんなさいね」

静かで、淡々とした話し方をする人だった。厳しそうな母親だ。声優であることに苦言を呈しているというのも、見ていて想像がつく。

普段のギャル姿ではなく、すっぴんで会ったのはよかったかもしれない。

由美子はフルネームを名乗ったあと、冷蔵庫を指差す。

「ママさんの分の晩御飯もありますけど、今食べますか？」

「……そうね。頂こうと思っているけど」

「じゃあ、部屋で着替えてきてください。あたし、温めておきますから」

由美子が言うと、彼女は目を瞬かせる。遠慮がちに、「いいわよ、そんなこと……」と戸惑いを見せた。言い方が千佳とそっくりだ。

「いいですから」と背中を押した。疲れた母親を見ると、どうしても世話を焼きたくなる。

こちらをちらちらと気にしていたが、彼女は大人しく部屋に行ってくれた。

その間に料理を温める。

飲み物を出そうとして、冷蔵庫に缶ビールを見つけた。それを眺めていると、部屋着に着替えた千佳の母がリビングへ入ってくる。

「ママさん、ビール呑みます？」

「え？　あ、あぁ。そうね、もらおうかしら……」

「了解です」

缶ビールを出して食器棚を見ると、良さそうなグラスを見つけた。そこにビールを注ぐ。

手持ち無沙汰にしている彼女に座るよう促してから、先にビールを置いた。

「ご飯はもうちょっと待ってくださいね」

「あ、ありがとう。……手慣れているようだけど、あなたはいつもこんなことをしているの？」

「あぁ、まぁ、そうですね。うちも母とふたりなんで」

由美子が答えると、彼女は少し目を見開く。

「……そう。しっかりしてるのね」

まぁそちらの娘さんよりは……、と出かかった言葉を飲み込む。

レンジの前に戻ると、彼女が声を掛けてきた。

「ねぇあなた。あなたも声優なんでしょう？」

「あー、はい。そうですけど。わたな……、千佳さんから聞いてました？」

「いいえ。あの子は『友達が泊まりに来る』って言っていたけれど、あの子にそんな友達がいるなんて聞いたことがないし。どうせ仕事仲間なんだろうな、と思っただけ」

……鋭い。

レンジの前で少し固まる。

千佳は母親に声優が来ることを隠したかったのだろう。

声優仲間が泊まりにくると聞けば、いい顔をしないと思ったのかもしれない。

温め終わったので、料理をテーブルに運ぶ。

温かい料理を前にしても、彼女は表情を変えなかった。

リップサービスを付け加える。

「これ、あたしと千佳さんがふたりで作ったんですよ」

「……どうせ、あなたがほとんど作ったんでしょう。あの子にこんな器用な真似できるとは思えないもの」

速攻バレた。まぁ母親相手なら致し方ない。

「あの子が作ったのは、この形の悪い目玉焼き？　でしょう？」

彼女が指差したのは、あの目玉焼きだ。

千佳は母に料理を振る舞ったことがないらしいので、せっかくだからひとつ残しておいたのだ。もうひとつは千佳と半分こした。

千佳の母は、冷たい目で目玉焼きを見下ろしている。

しかし、真っ先に手を付けたのはその目玉焼きだった。

口に入れた途端に渋い顔をしたが。ぼそりと呟く。

「わたしがね、前はよく作っていたの。あの子がそれを覚えているかは、わからないけれど」

「……へぇ」

それはそれは。由美子はそっと微笑む。

料理はすべて出し終えたので、そろそろ部屋に戻ろうか、と考えていると、

「ちょっと話を聞いてもいいかしら」と席に座るよう言われてしまった。

なんだろう。娘さんの壊滅的な料理スキルについてだろうか。

「あなたが声優をやっていることについて、親御さんは何と仰っているのかしら」

おっと。探りを入れられている。

やはり、母親としては気になることなんだろう。

それを娘の仕事仲間に訊いてしまうのは、如何なものかと思うけれど。

こちらをじっと見つめる母親に対し、由美子は手で料理を指し示した。冷めますよ。そう伝

えると、彼女はそっとスプーンを手に取った。オムライスを口に含む。

するど、少しだけ表情がやわらいだ気がした。

「うちは好きにさせてくれますね。由美子がやりたいならやりなさい、って言ってくれてます」

「いいお母さんね」

呟くように言ってから、彼女はスープに手をつける。

本心かどうかは微妙なところだ。

無責任な親だ、と思っていてもおかしくない。

彼女は視線をスープに落としたまま、独り言のように言葉を繋げる。

「同じ声優のあなたに言うべきじゃないかもしれないけど。とてもいい仕事だとは思えないわ。不安定で明日どうなるかもわからない、何の保証もない仕事は職業とは言えない。今はまだしも、あれで一生食べていこうだなんて……、ぞっとするわ」

彼女は暗い顔を隠そうともしない。

結局はそこなのだろう。

親として、不安定な仕事に就くのはやめてほしい。

弁護士という立派な職の彼女からすれば、声優業なんて許せないわけだ。

しかし、そうなるとひとつ疑問が出てくる。

「千佳さんが声優になるとき、ママさんは許可を出したんじゃ？」

結局、千佳も由美子も未成年だ。

仕事をするのも、事務所に所属するのも保護者の許可がいる。

「……きちんとわたしが事情を把握して許可を出したのは、劇団に入るまで。引っ込み思案を直したいからって言われてね。だっていうのに、いつの間にか声優事務所にも所属してて……、ハメられたのよ」

彼女は深いため息を吐く。

どうやら、千佳は裏で上手くやったようだ。

ほとんどだまし討ちに近い方法で許可をもぎ取り、声優になったのだろう。

千佳の母親は声優になることを許してくれそうにないし、それがわかっていたから、千佳は遠まわりしたのかもしれない。

「それに、声優って言うけれど、あれではまるでアイドルの真似事だわ。ステージで歌ったり踊ったり、雑誌やネットに顔を出して……。あんな若さと女を売るような仕事、情けない……」

千佳の母親は呻くように言う。

自分の娘がアイドルのようなことをして、おいそれと受け入れられる親はどれほどだろうか。

「どうせあの子も、最後にはわたしに泣きつくに決まっています。保証のない世界で生きて行けるとは思えない。それなら最初から、まともな人生を目指した方が失敗がないわ。なぜそれがわからないのかしら……」

彼女のため息は大きい。

愚痴りたくて仕方がなかったのかもしれない。

千佳も声優業について詳しく説明するとは思えないし、彼女がそれを聞いて納得するとも思えない。

それに何より、千佳の母親の発言は見当外れでも何でもない。

つい、皮肉げな笑みを浮かべてしまう。

「ママさんの言う通りです。ろくなものじゃないですよ。あたしはまだ三年目だけど、売れなきゃゴミっていう環境で、日の目を見ずに脱落した先輩を何人も見てます。売れたら売れたで、安く使い潰されることもある。それで身体壊す人もいます」

そうして去った先輩たちが、どういう気持ちだったのか。

由美子にはわからない。

「アイドル声優やってるせいで、怖い思いや気持ち悪い思いをする人だっている。今はよくても将来はわからない。不安が常に付き纏います。苦労だって多い仕事でしょう。正直、あたしは生き抜いていける自信はありません」

でも、と続ける。

笑みはいつの間にか消えていた。

大人しくしているつもりだった。彼女は愚痴を言いたいだけなのだから。

けれど、どうしても、腹の底から熱いものがこみ上げてくる。

彼女は夕暮夕陽を否定した。

それがどうしても——許せなかったのだ。

口が悪く、根暗で意地っ張りな少女。

しかし、実力は、実力だけは本物の女性声優、夕暮夕陽。由美子が憧れを抱いてしまうほどの相方。そんな彼女を否定されて、黙っているわけにはいかなかった。

でも。もう一度、付け加える。

「渡辺は違います。夕暮夕陽は違います。あいつは、この業界で生き抜ける実力がある。ずば抜けた力があるんです。周りは彼女を認めているし、あたしはいつも嫉妬させられてます。きっとすごい声優になります。あいつが相方なのはしんどいけど、実力差があるのは辛いけど、その反面、楽しみでもあるんです。こいつはどこまで行くんだろうって。それを追いかけるのが、あたしの目標でもあるんです」

……あぁそうか。目標だ。

自分で言って、ようやくわかった。

「渡辺のおかげで、あたしも強くなれる。負けたくない、って頑張れる。すごい奴なんです。そう思わせてくれるんです。彼女の才能を、みんなの楽しみを、あたしの目標を、奪わないでもらえると助かります」

言い終えてから、そっと咳払いをする。

止められなかった。吐き出してしまった。

……それも、物凄く熱く。何をまぁ、母親相手に偉そうに。

猛烈に恥ずかしくなり、つい頬を手で押さえる。

正直、自分でも驚いた。そんなふうに思っていたのか、と。

感情のまま、流れるままに吐き出してしまった言葉は、考えて言ったものではない。

だからこそ、きっとそれは本音なのだろう。

千佳の母は動きを止めて、何も言わずに由美子の顔を見つめていた。

その瞳にどんな感情が宿っているのか、由美子にはわからなかった。

「も、もちろん、ママさんが心配するのもわかるんですけど」

そんなことをごにょごにょ付け足してしまう。

「……すんません、あたしもう戻りますね」

居たたまれなくなって、そそくさとリビングから出ていこうとする。すると、「由美子ちゃん」と声を掛けられた。彼女はこちらに背を向けたまま、無感情に言った。

「これからもラジオのお相手、よろしくね。それとご飯、ありがとう」

「う、うっす」

何とか返事だけして、扉を開けた。

すると、その瞬間である。

廊下からどたどたという足音がした。すぐ近くで聞こえた。

そして、その足音が遠ざかっていく。まるで逃げるように。

今度は遠くで、扉の閉まる音が聞こえた。

今の足音がだれかなんて、考えるまでもない。


「…………――――っ！」

顔が凄まじく熱くなり、口を手で押さえてしまう。

そうしなければ、叫び声を上げてしまいそうだった。

聞かれていた。あの反応は間違いなく聞かれていた。

自分でも気付いてなかった本音を、よりによって本人に聞かれた。

ぐむ、と唇を噛む。

恥ずかしい。恥ずかしい恥ずかしい恥ずかしい！　先ほど熱く語った話が頭の中で繰り返され、思わず沸騰しそうになる。ぐぬ、ぐぬぬ……、と唸ってしまう。

ぷしゅう、と湯気が出そうなほど顔は熱いが、深呼吸で排熱した。

……やってしまったものはしょうがない。割り切るしかない。

千佳の部屋の扉を開けるが、電気は点いていなかった。

「ぐ、ぐうぐう……、ぐうぐう……」

千佳はベッドの上で俯せになって、あまりにも下手くそな寝たふりをしている。

「……あー、渡辺？」

「ぐ、ぐうぐう……！　ぐうぐう……」

顔を枕に埋めたまま、あくまで寝息の真似をする。

どこまで本気なのかわからないが、「何も聞いていませんよ」と彼女は言いたいのだろう。

ほっとする。

もしいつもの調子で悪態を吐かれたら、さすがに立ち直れなかった。泣いちゃったかもしれない。

千佳がそうしてくれるなら、もう忘れてしまおう……。

そそくさと布団の中に潜る。枕に頭を載せて天井を見上げると、さすがにもうわざとらしい寝息は聞こえてこなかった。

……もう寝ただろうか？

判断はつかないけれど、由美子はそっと囁くように言う。

「渡辺のお母さん、あんたのことがどうでもいいなんてことはないよ。普通の親じゃん。子供が心配で仕方ないだけ。あんたもさ、少しは向き合って話した方がいいんじゃない」

お節介だけどさ、と付け加える。本当お節介だ。

お節介ついでにもうひとつ伝えようかと思ったが、やめた。

外野が口出ししすぎるのはよくない気がしたからだ。

おそらくふたりの溝はそれほど深くない。

その理由は、彼女が由美子を歌種やすみだと知っていたからだ。

由美子が声優であることは伝えたが、名乗ったのは本名だ。

なのに、彼女はこう言った。

『ラジオのお相手よろしくね』。

由美子が歌種やすみだと知っている。

歌種やすみが夕暮夕陽の家に泊まるという話をしたのは、どこか。

ラジオである。

千佳の母親は、千佳たちのラジオを聴いている。

だからこそ、千佳の家に泊まりにきた由美子を、歌種やすみだと判断したわけだ。

あの様子だと、千佳はそのことを知らない。千佳の母親も黙っているのだろう。千佳に興味がないなんてとんでもない。娘のことを心底心配していて、そのうえ、娘のラジオを内緒で聴く始末。きっとどちらかが歩み寄れば、ふたりの溝はすぐに埋まる。

しかし、ふたりとも意地を張ってなかなか踏み出しそうにない。

親子だなぁと由美子は笑う。

由美子は微笑ましい気持ちになりながら、目を瞑る。

千佳の寝息が聞こえる前に、そっと眠りの中に落ちていった。

翌朝。由美子たちが起きた頃には、千佳の母親は既に仕事に出ていた。

簡単な朝食を取ったあと、さっさとお暇することにした。ミッションは終わった。せっかくの夏休みをこれ以上浪費することはないだろう。千佳だってさっさと帰ってほしいはずだ。

律儀にも外まで見送ってくれた千佳に、軽く手を挙げる。

「それじゃ」

「ええ」

淡泊なやり取りに自分たちらしさを感じつつ、由美子は彼女に背を向けた。

マンションの前に人影はない。由美子たちは休みでも、今日は平日だからだろう。

「佐藤」

声を掛けられて振り返ると、千佳はまだそこに立っていた。

何やら言いにくそうに腕を手で擦り、下を向いている。

人を呼び止めておきながら、用件を言おうとしない。

「なに」

仕方なく言葉を返しても、千佳はしばらく黙ったままだった。

けれど、意を決したかのようにぎゅっと目を瞑る。

「一度だけ。たった一度だけしか言わないわ」

そう前置きをしてから、ようやくこちらの目を見た。

「わたしも、あなたには嫉妬してる。あなたは色んな人に好かれている。桜並木さんも、朝加さんも、ほかのスタッフだってみんなあなたに惹かれている。うちの母だって、あなたのことを気に入ったわ。あなたの周りには常に人がいる。現場でも、学校でだって。その魅力はわたしにはない。羨ましいって思う。いつもだれかと話しているあなたを見るたびに」

千佳はそこで言葉を区切ると、こほんと咳払いをする。

「でも、それだけじゃない」と続けた。

「声優としてのあなたを、わたしは脅威に思う。演技を聴くたび、歌を聴くたび。上手いな、って思わされる。今あまり仕事がないのは、タイミングが合っていないだけとしか思えない。ひとつのきっかけで、きっとあなたは上にいく。わたしはそれが怖い。容易く追い抜かれそうで。わたしだって、あなたには負けたくないのに。だからこそ、頑張らなきゃって思えるのよ」

彼女の美しい声が、しっかりと言葉を作る。

「はっきり言っておくわ。夕暮夕陽が、一番に意識しているのはあなたよ、歌種やすみ。……それを、忘れないで頂戴」

彼女はそう締めくくると、さっさと踵を返した。

自動ドアがゆっくり閉まる。決して振り返りはしなかった。

彼女の姿が見えなくなってからようやく、自分があんぐりと口を開けていることに気付いた。

慌てて閉じるが、動揺はどんどん大きくなるばかり。

「え、なに、今の……。え、夢……？」

ただただ混乱する。彼女の声がいくつも頭の中で重なる。

やすみを意識していると。負けたくないと。きっと上にいくと。

あの、夕暮夕陽が。

千佳は世辞を言うタイプではない。無意味に持ち上げることもない。

だから、さっきの言葉は彼女が本当に感じていることなのだ。

それがどうしようもなく――嬉しい。

「あ、くそ……、あいつに認められて嬉しいだなんて……、そんなわけあるか」

頭をぶんぶん振って、その考えを取り消す。

なのに、顔が自然とにやけてしまう。

えへ、えへ、と変な笑いが漏れてしまう。

にやけながらも、由美子は歩き出す。

千佳がずっと意識し続けるような、せずにはいられないような、そんな声優になってやる。

そう、心に決めたのだ。

※　※　※

木村はパソコンの前で頭を抱えていた。

ダメだった。

やすやすや夕姫と出会えることを祈って、周辺の高校の前で待ち伏せたものの、全くの無駄足だった。何日も粘り、何校も回ってみたけれど、これは無理だと匙を投げた。

次の手段を考えなければならない。

近くの高校にあのふたりはいる。それは間違いない。あとは、どう出会うか……。

答えが出ないままネットを見ていると、夕陽がツイッターに写真を上げたことに気付いた。

写真には、夕陽とやすみのふたりが写っている。ただ、手と身体だけで顔は写っていない。

『そろそろ寝まーす。やっちゃんのパジャマかわいい☆』と書かれている。

そういえば、先ほど泊まりに来ているとツイートしていた。

「ん？　……え？　こ、これって」

幸せな気分で写真を眺めていたのに、大変なことに気が付いてしまう。

上半身のアップだから部屋の様子は写っていない。

しかし、ふたりの身体と身体の間にわずかな隙間が空き、そこに部屋の背景が少しだけ写りこんでいる。小さな小さな、その空間。

そこに見えたものは。

「うちの高校のスクールバッグじゃないか……」

画像を思い切り拡大して、確信を得る。

小さく校章も見える。間違いなかった。

心臓が跳ねる。頭がじんじん痺れる。

うちの高校、だって？　そんなはずはない。そんなはずは。

そう否定する中、どこかに情報がないか、と散々聴き直したラジオの内容を思い出した。

彼女は、自分たちが一組だと言っていた。

「一組なら僕と同じクラスだ……。やすやすや夕姫と同じクラスだって？　あ、そうだ……！」

木村は慌てて、机の中身をひっくり返す。四月にクラス写真を撮っていた。

それをパソコンに取り込み、拡大して女子生徒の顔をひとりひとりじっくり見ていく。

夕暮夕陽と歌種やすみの顔写真と見比べながら。

「いた……」

夕陽を見つけた。

前髪で顔が見えづらく、つまらなさそうに目を伏せているせいでなかなか気付けなかった。

渡辺千佳。彼女こそが夕暮夕陽だ。間違いない。

「じゃあ、やすやすは……？」

またひとりひとり、じっくり顔を見る。時間が掛かったが、見つけた。

佐藤由美子だ。じっくり顔を見比べると、彼女も同一人物であることが浮き彫りになる。

まさか、あのギャルがやすやすだなんて……。

なるほど。なるほどなるほど。つまり、こういうことか。

彼女たちは私生活で、根暗な女子とギャルを演じているというわけだ。

そうやって声優業と私生活を分けた。周りに知られないために。

どちらが素という話ならば、声優のときが素なのだろう。木村にはわかる。

あんなにも楽し気に仲良く話しているふたりが、演技なんてあり得ない。

さて。この特上のネタは上手く使わなくてはならない。

あの夕暮夕陽と歌種やすみの弱みを自分が握っている。その事実だけでぞくぞくした。

極上の至福だ。全能感にアドレナリンが溢れる。顔がにやけるのを止められない。

さぁ、どうしたものだろうか……。

# NOW ON AIR!! 第20回

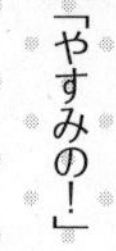

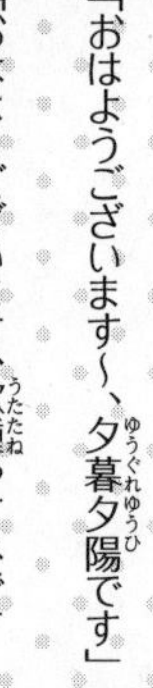
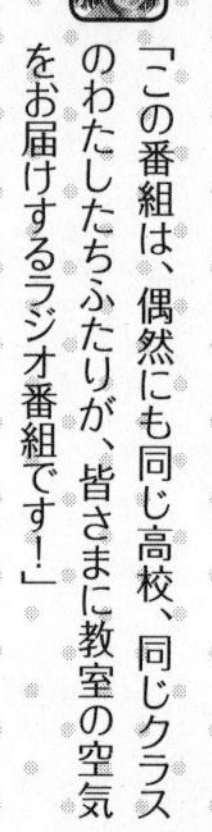
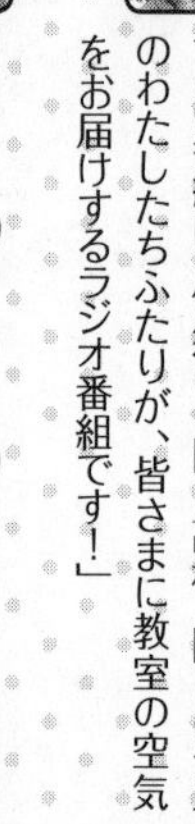

「夕陽(ゆうひ)と！」

「やすみの！」

「「コーコーセーラジオ！」」

「おはようございます〜、夕暮夕陽(ゆうぐれゆうひ)です」

「おはようございます、歌種(うたたね)やすみです！」

「この番組は、偶然にも同じ高校、同じクラスのわたしたちふたりが、皆さまに教室の空気をお届けするラジオ番組です！」

「今回で第20回！　もう20回だなんて、何だかすごく早く感じるよー！」

「そうだねぇ。あっという間に思えちゃうよねぇ〜」

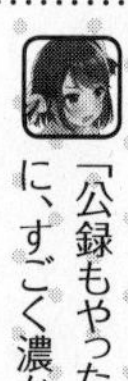

「うんうん！　せっかくだから、何か記念にやっちゃう？」

「うん？　何の記念〜？」

「20回のだよ(笑)今20回の話をしているんだよ(笑)」

「ふふふ(笑)やっちゃんはこの20回の中で、印象に残ってることってあるぅ？」

「えー！　いっぱいあるよー！　コロッケ食べに行ったりとか、ユウちゃんちにお泊りしに行ったこととか……、たくさんあった気がするなぁ。ユウちゃんはどう？」

「公録もやったしねぇ。まだ半年もやってないのに、すごく濃かった気がするよ〜」

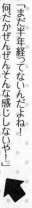

「まだ半年経ってないんだよね！　何だかぜんぜんそんな感じしないや！」

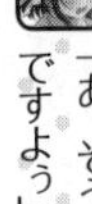

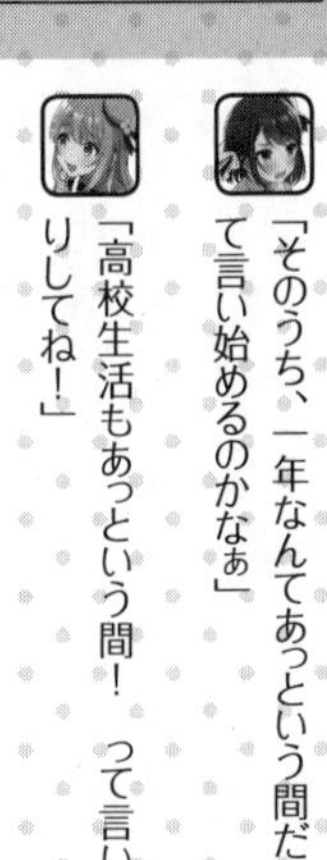

「そのうち、一年なんてあっという間だなぁ～って言い始めるのかなぁ」

「高校生活もあっという間！　って言い始めたりしてね！」

「わたしたちが高校生なのも、あと一年半だもんねぇ。卒業したらどうなるんだろ？」

「うーん、どうなるんだろう。そっちもぜんぜん想像つかないね！」

「色々と忙しくなってきそうだねぇ。あんまり考えたくないなぁ～」

「二年生が一番気楽っていうもんね！　わたしもあんまり考えたくないなぁ」

「あ、そうだ～。実は今回、お知らせがあるんですよぅ」

「あぁそうだったそうだった！　大事なお知らせがあります！」

**to be continued……**

ブース内にたったひとり、由美子は立っている。
今はオーディションの真っ最中。
ブース内には由美子ひとりだが、調整室には人がたくさんいた。
音響監督をはじめとしたスタッフが、由美子の審査をするためにそこにいる。
「はーい、それじゃあお願いしまーす」
音響監督からの声が届く。よし、と由美子は台本に目を落とした。そして、口を開く。
「………………………」
声が。
出ない。
パニックに陥りそうになりながら、必死で声を出そうとする。
しかし、出ない。出ないのだ。
「あれ？　どうしたの？　押してるから早くしてほしいんだけど」
監督からのプレッシャーで焦りがさらに増大する。
由美子は首を摑み、必死で何かを言おうとするが、ブース内に音は何も鳴らなかった。
助けを求めるように調整室に目を向けるが、彼らはだれも由美子を見ていなかった。
興味がなさそうにぼんやりした表情を浮かべている。
あの顔は知っている。

由美子が必死に演技をしても、全く響いていないときの顔だ。
「はい、ありがとうございましたー」
待って、やれるから、大丈夫だから。そう言いたいのに、声が言葉を作ってくれない。
いつの間にか、由美子はブースの外にいた。
俯きながら、スタジオの廊下を歩く。
なんでこんなことに。
なんでなんで。
あんなに練習したのに……、と泣きそうになる。
すると、聞き覚えのある声が耳に届いた。
廊下の先に、桜並木乙女の姿があった。乙女姉さん！　手を上げる。
乙女はぱっと顔を明るくさせ、こちらに駆け寄ってきた。
「夕陽ちゃん！　こんにちは。夕陽ちゃんも収録だったんだ！」
乙女は由美子が見えてないかのように、素通りした。
由美子の上げた手が虚しく行き先を見失う。
振り返った先には千佳がいて、乙女と仲が良さそうに話し込んでいる。
渡辺！　と叫ぼうとするが、また声が出なかった。
彼女たちは踵を返し、廊下の奥に歩いて行ってしまう。

由美子はその背中に手を伸ばす。

待って、待ってよ、と泣きそうになるが、彼女たちは由美子に気付かなかった。

廊下の明かりが消える。暗闇に取り残される。

由美子はだれの目にも止まることなく、そのまま闇の中に呑まれていった。


「……はっ」

ぱちっと目が覚めて、一瞬、自分がどこにいるのかがわからなかった。

がたんがたん、という規則正しい揺れと音、見慣れた風景に電車内であることを認識する。

どうやら居眠りしていたらしい。

隣の大学生っぽい男の肩に、思い切り頭を乗せていた。

「あ、ごめんなさい」と慌てて謝ると「あ、や、大丈夫っす」と赤い顔で言われてしまった。

今日はラジオの収録日。

夏休みも終わったので、学校から直接スタジオに向かっている。

ふるふる、と寝起きの頭を振った。

昨日は夜遅くまでオーディションの練習をしていて、あまり寝ていない。

そのせいでひどい夢を見た。座ったまま、手すりに頭をぶつける。

「オーディション受かんねー……」

電車の音にかき消される声量で、ため息とともに呟く。

千佳に「あなたを意識している」と言われてからというもの、いやでも仕事に力が入った。

加賀崎に頼んで受けるオーディションを増やしてもらい、いつもよりたっぷり練習してから丁寧にこなした。それを幾度も繰り返した。

だというのに、スマホは沈黙を保っている。

やる気をいくら出しても、それが結果に繋がらなければ意味はない。

向いてないのかな、なんて弱気なことを考えてしまう。

何も考えたくなくて、スマホでツイッターを開く。流れるタイムラインを意味なく眺めた。

そして、ひとつのツイートに目が引き寄せられる。

『神代監督、ファン待望の新作『幻影機兵ファントム』のメインキャスト決定！　主演は夕姫こと、夕暮夕陽！』

「……嘘ぉ？」

間抜けな声が漏れる。

隣の男性が不思議そうにこちらを見たが、気にする余裕などなかった。

神代監督というのは、以前、千佳も好きだと言っていたアニメ監督だ。

重厚な世界観とこだわりの強いメカ、ロボットが登場することが多く、彼の手掛けた作品は神代アニメと呼ばれ、非常に人気が高い。

この『幻影機兵ファントム』も先にメカデザインと設定が公開されていて、アニメファンからはもちろん、業界人からも注目されている。

ただ、予算が潤沢にあるので、声優陣がベテランで固められるのも毎度のことだった。

もちろん歌種やすみの出る幕などない。

けれど、夕暮夕陽はそこにいる。それも主演だ。

ほかの人気声優を押しのけて主演の座を獲得している。

もし、『今回は新人声優だけ』というようなコンセプトがあれば、この抜擢にも納得できる。

しかし、ほかのキャスト陣を見てもベテランや演技派ばかりだ。

だれもが知っている声優陣の中に、夕暮夕陽が立っている。

タイムラインを見ると、夕姫ファンは大興奮だった。それもそうだ。自分の推し声優がこんな暴れ方をすれば、喜びたくもなる。すげえ、と言いたくなる。

すごいよ渡辺、あんたすごいよ。

「…………」

言えるわけがない。

荒れ狂うような嫉妬と、ずぶ濡れになったかのような情けなさが洪水のように押し寄せてくる。それらが合わさって全身にまとわりついた。

座っていて良かった。下手をすれば、へたり込んでいたかもしれない。

格好悪すぎて笑えてくる。

張り切っていたくせにオーディションに落ち続ける自分。

着実に人気を獲得していき、有名監督の新アニメに大抜擢された千佳。

あまりにも、あまりにも差が開きすぎている。

縮めようと頑張っていたのに、まさか、既に天と地ほどに離れていただなんて。

由美子はスマホをおでこに押し当てて、ゆっくり息を吐いた。

それでも、腹の中に溜まった泥のような感情は、少しも排出されなかった。

このあと、本当にラジオの収録なんてできるだろうか。そう考える由美子は、まさかこのあと、これ以上に打ちのめされることになるとは思ってもみなかった。

「……あと四回で終わり……、ですか？」

収録前の打ち合わせのため、いつもの会議室に入ったあと。

突然、ディレクターの大出にラジオ終了の報せを聞かされた。

「思った以上に人気が出なくてねぇ。数字もどんどん落ちてるんだよね。テコ入れしてどうなるっていう話でもなさそうだし、これはもう打ち切りにしちゃった方がいいよね、って決まってさぁ。改変期は乗り越えられなかったわー」

まるで他人事のように告げられ、頭が上手く回らなかった。

終わり。終わり。あと四回で最終回。打ち切り。

……人気がないのは知っていた。でも、どうにか盛り上げようと頑張ってきたのに。せっかくのレギュラー番組だったのに。こうもあっさりと終わるなんて。

ぼうっとした頭で朝加を見る。

明るく陽気に、なんでもないことのように言う大出と違い、彼女はずっと申し訳なさそうな表情を浮かべていた。

「おはようございます」

整理がつかないまま大出の話を聞いていると、千佳が部屋に入ってきた。

彼女はいつものように隣に座ろうとするが、こちらの顔を見て怪訝そうな表情を浮かべた。

「……なんて顔してるのよ。拾い食いでもして、お腹壊した？」

彼女の軽口に付き合える心持ちではない。

由美子はやるせない感情を受け渡すかのように、千佳に伝えた。

「ラジオ、あと四回で終わりだって」

声が掠れて、途中で咳払いしてから言い直す。

千佳は軽く目を見張った。そのまま何も言わずに、由美子の顔をしばらく見つめる。

由美子はそっと目を逸らした。見ていられなかった。どんな言葉が出てくるのか、怖くて。

「……そう」

しかし、千佳はそれしか言わなかった。

素っ気なく呟くと、それ以上の感想もなく、席についてしまった。

テーブルの上にあった台本を引き寄せ、そのまま読み進め始める。

「…………………………」

まず感じたのは、虚しさ。

身体がさらさらと砂になり、そのまま風に飛ばされてしまうかのような感覚。

何もかもがこぼれ落ちていった。

そして失望。それは自分自身に対して、だ。

何を、何を期待していたのだろう。

渡辺千佳に、何を言って欲しかったのだ。何を求めていたのだ。何かしらの言葉を受ければ、
それで満足だったのだろうか。

自分と千佳は違う。

違うのだ。

そんな簡単なことに、今更、気が付いた。

同じわけがないじゃないか。勢いがあり、人気声優の階段を昇る彼女と、オーディションにもろくに受からない自分が。

千佳がこのラジオにこだわる理由なんて、これっぽっちもない。

打ち合わせが始まる。由美子はもう、隣を見ることはなかった。


マイクテストも終わり、由美子と千佳はブースの中で座っていた。

いつも通り。本当にいつも通りだ。打ち切りの話なんてなかったかのよう。

「夕陽ちゃん。台本、会議室に忘れてたよ」

「あ、すみません」

ブースに入ってきた朝加が、持っていた台本を千佳に手渡す。

彼女は定位置である由美子の隣に腰掛け、ノートパソコンを立ち上げていた。

朝加は先ほど、由美子と千佳に打ち切りの件について詫びた。

大出がいなくなったタイミングで、「わたしの力が足りなかった」と頭を下げた。そんなことはない、とてもよくしてくれた、こうなったのは自分たちのせいだ……、というような言葉を並べたと思うが、よくは覚えていない。

ただ、朝加がどう言おうと、心がざわざわするのを抑えられない。

ささくれだった心が棘を生む。

だから。

思わず、由美子は口走ってしまった。

「……いいね、売れっ子声優さんは。ラジオが一本二本終わったところで、何の影響もないんだから」

腕を組んで目を逸らし、意地悪く独り言のように言う。

皮肉気な、というよりは卑屈っぽい笑みをたたえながら。

感じが悪い。自分でもそう思った。

当然ながら、千佳は不愉快そうに眉を顰める。

「なに。含みのある言い方して。感じ悪いわよ」

「あー、イライラしてんのかも。あたしは仕事少ないからさ、これに賭けてたっつーか、頑張ってたっつーか。そっちと違って必死なんだよね」

「なにそれ。わたしが手を抜いていたとでも言いたいの」

「別に。そうは言ってないけど」

気まずい沈黙が降りる。険悪な空気に気付き、朝加が顔をひきつらせた。

ちらりと千佳の顔を見ると、彼女はまっすぐにこちらを睨んでいた。相変わらず目つきが悪い。そうやって睨んでくるから、こちらもつい火が灯ってしまう。

苛立ちが全身を駆け巡る。感情が揺れ動くのを止められない。

理不尽なのは理解している。わかっている。

なのに、頭の奥がじんと痺れ、ブレーキが完全にバカになっていた。

あぁまずい、止まらない。

こんなこと言いたくないのに、口からはぽろぽろと言葉がこぼれ落ちていった。

「あんたはいいよね。見たよ、神代アニメに出演が決まったんだって？　そっちに集中できるんだから、ラジオは終わってもらって良かったんじゃないの？」

「……っ。そんなわけないでしょう。関係ないわ。仕事はすべて全力でやるに決まっているでしょう。なに。なんで今日はそんなに突っかかるの」

「さぁ。羨ましいんじゃない？　あたしも有名監督の作品に出てみたいなぁ、なんて。あんなベテラン揃いの中に、どうやったら新人が喰い込めるの？　監督に媚び売ればいいわけ？　まさかとは思うけどさぁ、あんたもしかして監督にやましいことでも――」

「そんなわけないでしょうッ！」

ブース内に千佳の絶叫が響き渡った。

耳がビリビリする。

彼女は思い切り机に手を叩きつけ、そして立ち上がっていた。

千佳のこんなにも大きく、感情を剥き出しにした声は初めて聴いた。

そこでようやく冷静になる。

一番言ってはいけないことを口走ったことに気付く。

夕暮夕陽のファンは、彼女が主演に決まったことを喜んでいた。

しかし、神代監督のファンはそうもいかない。なぜよりによって、デビューして三年に満たない新人を起用するんだ、と憤る声はいくつもあった。

歓迎されてはいなかった。

大事な大事な主役の声だ。

もっと実績のある人にやってもらいたい、と思うのは当然と言える。

ファンだからこそ、出てくる「なんで?」という声。

それはそのまま、夕暮夕陽に刺さってしまう。

「だれこいつ」「もっと上手い奴と代われよ」「事務所のごり押しやめろ」

そんな心ない言葉がフィルターなしで突っ込んでくる。

目を背けたくなるようなひどい言葉も。

本人が見たら、心がバラバラになるような言葉も。

SNSでは、平気で本人の元に届けられてしまう。

それと同じことを、今、由美子はやったのだ。

両手を机に突いたまま、千佳は下を向いている。表情が見えない。どんな顔をしているのかわからない。怒っているのか、悲しんでいるのか、呆れているのか。

目の前にいるのに何もわからない。

「ええっとぉ……、取込み中、かな……？　収録、もう少し待つ？」

ブース外から大出が窺ってくる。

千佳は顔を上げるが、長い前髪が表情を隠していた。

「いえ、すみません。大丈夫です。始めてください」

何の感情も乗っていない、淡々とした口調で千佳がそう告げる。

大出は戸惑っていたようだが、結局、そのまま進めた。

スタッフのカウントダウンを聞きながら、由美子は後悔で潰れそうになっていた。

今すぐにどこかへ消えてしまいたい。

窓をこじ開け、そこから飛び降りることができれば、どんなに楽だろうか。

下を向いたまま、考えてもどうしようもないことばかり考え続ける。

収録が、始まった。

「お疲れ様でした」

千佳は短くそれだけ言うと、すぐに立ち上がってブースから出ていった。

由美子はその後ろ姿をぼんやり眺めることしかできなかった。


収録は無事に終わった。

途中で止められることもなく、滞りなく進んだ。いつもと変わらなかった。

普段と同じように明るく笑いながら、楽しそうなラジオを作ることができた。

あたしも一応プロだなぁ、とぼんやり考える。

ただ、収録の内容は一切覚えていない。

自分が何を話したのか、千佳がどう答えたのか、すべてが空白だ。曖昧に記憶が呑まれていく。しかし、大出や朝加から何も言われなかったのだから、ちゃんとできていたのだろう。

顔を覆う。立ち上がる気力もなく、机に身体を預けて動けなくなった。

「……あれはやすみちゃんが悪い」

隣の朝加が、諭すように言う。

「わかってる……」と力のない声で答えた。

「やすみちゃんらしくもない。何かあったの？　お姉さんに話してごらん。楽になるかもよ」

項垂れたまま、朝加の声を聞く。

彼女の声はこちらを慮るもので、どうしようもない自分にこれはとても応えた。

感情の蓋が外れそうになる。

声が漏れた。身体の奥から何かがぐぅーっと上がってきて、鼻の奥がじんわりする。

「あぁ、やばい。泣きそう……」

その状況に驚きながら、慌てて目を覆う。

朝加が隣で、動く気配を感じた。ほかのスタッフを外に出してくれているようだ。

そんなやさしさがまた目頭を熱くする。

「いいよ、泣いてもさ。どうしたのか、聞かせてよ」

感情を抑え込むことは、もうできなかった。

「や、八つ当たりだよ、あんなの……。最近、オーディション落ちてばっかで荒れてて……、そこに渡辺がすごい役取ってて、悔しくて、情けなくて……。そ、そのうえ、番組終わるって聞いて、ショックで、でも渡辺はぜんぜんショックそうじゃなかったから、なんかそれもショックで……。あんな、ひどいことを……」

まとまりのない言葉をただ吐き出す。

言っている途中で、鼻がつんとした。

せり上がってくるものを止められない。涙がこぼれる。ぽろぽろこぼれる。

溢れた涙が頬を伝い、顎から机にぽたぽた落ちた。

堪らなくなって、嗚咽を漏らす。

「うぅ……っ、な、なんであんな……、あんな、言葉……っ、じぶんが、もう、やだ……っ!」

朝加が背中を擦ってくれて、それがまた涙腺を刺激する。

ぐぅ、と喉から声が溢れた。

やさしさがありがたくて、温かくて、やっぱり涙が溢れてくる。

人前で泣くなんて、どれくらいぶりだろう。声優になったばかりの頃はよく泣いていた。理不尽な監督の怒り、意地悪な先輩の嫌味、それらを跳ね返せなくて悔しくて泣いた。

でも、そのときもトイレまでは我慢できたのだ。彼らの前では平静を保ち、弱った表情すら見せることなく離れ、トイレの個室で声を出さずに泣いた。

その繰り返しで随分強くなったと思う。

なのに千佳のことでこうも容易く崩れたのは、自分でも意外だった。

「やすみちゃんさぁ」

背中をぽんぽんとやさしく叩いてから、朝加が口を開く。

「夕陽ちゃんがショックを受けてないって言ってたけど、そんなことないと思うよ。ほら、顔上げて」

言われた通りに顔を上げると、朝加は千佳が座っていた席を指差した。

そこには番組の台本が放置されてある。

朝加はそれを引き寄せ、しずしずと言葉を並べた。

「台本忘れてる。収録前も、会議室に忘れていったんだよ、あの子。普段は忘れ物なんてしないのにさ。それに、知ってる？　夕陽ちゃんって、結構台本にメモ書きするんだよね」

それは知っている。由美子も台本に書きこみをするが、千佳はその量がさらに多い。よくペンを走らせている姿を見かける。

朝加はふっと微笑むと、台本を由美子に見せてきた。

由美子は目を見開く。

「見てよ、これ。真っ白。あの子、打ち合わせをなーんも聞いてないの。上の空だよ。表情に出していないだけでさ、きっとあの子もショックだったんだよ」

由美子はメモ書きのない台本を見つめ、何も言えなくなっていた。

「ふたりとも、そんな状態でちゃんと収録はできたんだから大したものなんだけどね」

朝加は頰杖をつき、ゆっくりと確かめるように口を開いた。

「わたしも何本か番組やってるから、ある程度わかっちゃうんだけど。やっぱ、演者が好きでやってるかどうかって、結構透けて見えちゃうんだよね。リスナーに伝わらない程度に隠せていても、こっち側には伝わっちゃう。何も言わないけどね。で、わたしから見たら、だけど。夕陽ちゃんは楽しんでこの番組をやっていたと思うよ」

「――――――」

考えたこともなかった。

楽しんでいた、なんて。

だって自分たちは仲が悪くて、仕事だから嫌々やっていて、声優としてのキャラでやるのもしんどかった。はずなのに。

少なくとも、由美子は楽しんでいるつもりはなかった。

あくまで仕事だ。楽しいことなんて何もない。

……それが由美子の本心だとしたら、千佳の態度にここまでショックを受けるはずがない。

結局、結局のところ、由美子だって本当は——。

「……やることは決まったね」

朝加はポケットから何かを取り出したかと思うと、こちらに顔を近付けてきた。

彼女は由美子のおでこを晒し、ぺたんと冷えピタを貼る。

心地よい冷たさがすぅっと広がった。火照った顔には気持ちがいい。

「これで頭は冷えました。じゃ、やすみちゃん。やすみちゃんはこれからどうする？」

「わ、わたなべにあやまる」

「はい、正解。いい子だね」

朝加はやさしく微笑んだ。

そうだ、謝ろう。自分はひどいことを言った。普段の言い合いとは比較にならない、傷つけることを言ってしまった。

由美子はスマホを取り出し、千佳の番号を呼び出そうと操作して——止まった。

「……ううん。直接、ごめんなさいしたい。明日、学校で会えるからさ。同じクラスだから。目を見て謝ってくるよ」

由美子の言葉に、朝加は笑ったまま頷いた。

その夜、由美子は家に帰ったらすぐにご飯を作り、食べ終わったらさっさとお風呂に入り、いつもより早い時間に就寝した。

そして朝。

由美子は目覚ましが鳴る前にぱちりと目を覚まし、がばっと身体を起こす。

たっぷり眠れて、体調はばっちりだ。

いつもより早い時間だが、登校の準備を始める。

学校で千佳に会ったら、すぐに謝ろう。とにかく謝る。あとのことはそのとき考える。

帰っていた母とご飯をいっしょに食べ、メイクをし終えても時間には余裕があった。早く起き過ぎたようだ。もう学校に行ってしまおうか……、と手持ち無沙汰になったときである。

スマホが鳴った。

ディスプレイには『乙女姉さん』の文字。電話の相手としては珍しくないけれど、朝に掛けてきたのは初めてだ。不思議に思いながらも、電話に出る。

「どうしたの、姉さん。こんな時間に。珍しいね」

『あ、やすみちゃん！　よかった、やすみちゃんは出た！　ゆ、夕陽ちゃんのニュース、もう見た!?』

声は上擦り、慌てた様子で乙女は話す。

……いったいなんだろう。首を傾げながら、彼女の質問に答えた。

「ニュースって、神代アニメの主演決まったってやつ？」

『ち、違うよ！　あぁいや、違くはないんだけど！　知らないんだったら、ちょっと〝夕暮夕陽〟で検索してみて！』

新情報が解禁でもしたのだろうか。言われた通り、由美子は〝夕暮夕陽〟を検索する。

すると、数時間前に公開されたネット記事がトップに載っていた。

それを見て固まる。

無意識に口からは、嘘だろ、という言葉がこぼれ落ちていく。

**【悲報】夕姫　裏営業確定のお知らせ**

……これが文章だけなら、質の悪い妄想の産物で話は終わりだ。

だが、そのページには数枚の画像が貼ってあった。

夕暮夕陽と――神代監督のふたりが写った写真。

由美子も神代監督の姿は、雑誌やネット記事で見たことがある。

そんな彼と、千佳がいっしょに写っていた。

一枚目はマンションに入っていく千佳の後ろ姿。

次は部屋の前で待つ、千佳の横顔。マスクをしていたが、次の写真では取っている。

そして、さらに次。

扉を開けた神代監督に、飛びつく千佳の姿があった。

ふたりが抱き合いながら、何事か話している写真。部屋の中に入っていく写真。

それらが並んで貼られている。

頭が真っ白になった。

何も考えられないまま、その写真を上げた人の文章を読む。

投稿者は夕暮夕陽のファンだ。普段から頻繁に出待ちをしているらしい。

先日行われた『紫色の空の下』のイベントに参加していて、そのときも出待ちをしていた。

彼にとっては運がよく、夕陽にとっては運悪く、夕陽が会場から出てくるのを目撃した。

そこで彼は、声を掛けるわけじゃなく、追いかけた。

自宅を特定しようとしたらしい。

その先でこんな写真が撮れてしまった。

写真の相手が普通の男性や声優ではなく、アニメ監督だったことにピンと来て、しばらくこの写真は温めていた。すると、最近になって『幻影機兵ファントム』のメインキャストが発表され、「こういうことだったのか」と彼は写真をネットに放流した。

「裏切り者に、一番ダメージのあるタイミングで公開できて本当に嬉しい。絶対に許さない。奴の生活を全部めちゃくちゃにしてやる」

そんな醜いコメントが載せられている。

由美子はいつの間にか口を手で覆っていた。

写真に写った女性は、どう見ても千佳……、というより夕暮夕陽の姿だったからだ。

言い訳のしようがない。

眩暈がする。青褪めるのが自分でもわかる。

この記事に対しての夕姫ファンのコメントなど、怖くてとても見られない。

『ねぇ、やすみちゃんどうしようこれぇ……。まずいよね……？』

泣き出しそうな声がスマホから聞こえ、乙女を忘れていたことに気付く。

心配に染まった彼女の声は、何より千佳の身を案じている。

大丈夫だよ、大丈夫。

根拠のない強がりを言おうとしたのに、声が掠れて上手く出てこなかった。

咳払いをしていると、その間にも乙女の不安げな声は積み重なっていく。

『夕陽ちゃんにも電話したんだけど、ぜんぜん出なくて……。やすみちゃんなら何か知ってるかも、と思って電話したんだけど……』

その当ては外れたというわけだ。

普段ならば、「あいつのことをあたしに訊かれても知らないよ」と軽口を叩くところだ。

そんな普段のやり取りが、とても遠くに感じる。

『……ねぇ、やすみちゃん。まさかとは思うんだけど、ないとは思うんだけど、もしかして、夕陽ちゃん、本当に……』

「それは絶対にないよ」

さっきまで上手く声が出なかったのに、すんなりと力強い言葉が出たことに驚いた。

そうして、じわじわとその言葉を実感する。

「渡辺はさ、そういうの一番嫌うから。コネとか、えこひいきだって嫌がると思う。おかしなことは絶対にしてないよ」

本心からの言葉だった。

渡辺千佳は、性格は最悪でも声優としてはまっすぐな人物だ。

そういうものから最も遠い存在のはずなのだ。

それをわかっているのに、由美子はひどい言葉を言ってしまった。だからこそ、真っ先に謝らないといけなかったのに。……こんなことになるなんて。

挫けそうな心を叱咤し、力強く言う。

「あたし、学校で訊いてみるから。こんなことになってるけど、大丈夫なの、って訊いておくから。わかり次第、乙女姉さんにも連絡するよ」

『……うん。ありがとう。そうだよね』

由美子の声を聞き、乙女も落ち着きを取り戻したようだ。

『うん、そうだよ、やすみちゃん。神代監督は夕陽ちゃんから演技について相談を受けていた、とかそういうことかもしれないし！　ね！』

乙女の楽観的な言葉は、微笑ましくてつい笑ってしまう。

乙女との通話を切る。

スマホを強く握りしめていたことに気付き、力を抜こうとするが上手くいかない。

乙女にあんなことを言ったものの、状況は最悪だ。

この際、千佳が人に言えないことをしたのか、それとも神代監督と真剣にお付き合いしているのか、そんなことは言ってしまえば些細なことだ。

夕暮夕陽はアイドル声優だ。

男ができれば、もうアイドルではない。

環境は激変し、今までファンだった連中がこぞって牙を剝き、裏切り者だと声を荒げる。

それで再起不能になった女性声優を由美子だって知っている。

『男ができたら全力で潰してもいい』という風潮には吐き気がする。

だがもう、自分たちはそういう道を選んでしまった。

様々な考えが浮かんでは消える。

考えても仕方がないのに、粘り気のあるドロドロとした思考がまとわりついて離れない。

地獄に叩き落とされた相方の胸中を思い、由美子は唇を噛んだ。

乙女と話しているうちに時間の余裕はなくなり、由美子は急いで学校に向かった。

道中で千佳に電話を掛けてみたものの、乙女の言う通り出なかった。

自分の教室に飛び込む。

真っ先にクラスメイトの顔ぶれを確認したが、千佳の姿はなかった。

自身の席に鞄を置いても座ることなく、そわそわと出入り口を見つめてしまう。

「おっはよー、由美子。どしたん、怖い顔して」

「え？　あ、あぁ。何でもないよ。若菜、おはよ」

先に来ていた若菜に声を掛けられ、たどたどしく言葉を返す。

何でもなくはない。落ち着かない。

しかし、席の前で立ちっぱなしというのもおかしな話だ。そっと腰掛ける。

そのときにふっと隣の席の木村に目をやった。

木村の様子が何だかおかしい。スマホを見ながら、何やらぶつぶつ呟いているのだ。

「……ぼくの……、ぼくのゆうひめが……、ぼくが……、ぼ……、が……」

……不気味だ。

血走った目でスマホを見つめ、身体を丸めている。

切羽詰まった表情を浮かべていた。

しかし、由美子はすぐに見当がついた。彼は夕暮夕陽のファンだ。

きっと、あのニュースを知ったのだろう。何とも言えない気持ちになりつつ、由美子は再び教室の出入り口に目を向ける。

気もそぞろに若菜と話していると、予鈴が鳴ってしまった。

もしかして、今日は休みだろうか……？

不安に思っていると、勢い良く椅子を引く音がした。

木村が立ち上がり、なぜか由美子をまっすぐに見つめている。血走った目で、だ。

「……？　なに、木村」

「や、やす……、さ、佐藤……っ、さん！」

木村は詰まりながら裏返った声を出し、ぐっと身体を近付けてくる。

なんだ。なんだか様子がおかしい。

少し怖い思いをしていると、彼は必死の形相でスマホを突き出してきた。

画面に映っていたのは、先ほど由美子も見た裏営業の記事だ。

「こ、この！　『奴の生活を全部めちゃくちゃにしてやる』って言葉は、ほ、本当だ！」

「……は？」

木村が指すのは写真ではなく、投稿者の言葉だった。

確かに、『絶対に許さない。奴の生活を全部めちゃくちゃにしてやる』と書かれている。

「う、うちの生徒は、うちの生徒だからこそ、わかることがあるっ！　夕姫のツイッターを見れば、辿り着ける真実がある！　ぼ、僕は、僕は――！」

「お、落ち着けって、木村。何言ってるかわかんないよ」

とにかく木村は興奮していて、何を言っているか要領を得ない。

由美子が困っていると、教室の扉が開く音がした。すぐさま意識がそちらに向かう。

ようやく千佳が姿を現した。

千佳はいつも通りの格好で登校していて、その姿に心の底から安心する。

しかし、顔は見るからに疲れていた。顔色悪く、辛そうに自分の席へ向かう。

……あのニュースが上がったのが昨日の夜。

そしてこの朝までに、どれだけ彼女の心労が溜まったかなんて、考えたくもない。

「悪い、木村。ちょっと外す」

由美子は席を立って、千佳の元に向かおうとした。

昨日のことを謝り、そして神代監督のことを聞くのだ。乙女が心配していることも伝える。

そのつもりだったのに、木村が聞き捨てならないことを言った。

「渡辺さんが夕姫だって、わかるんだ！」

その言葉を聞き、身体が硬直する。

「……待ちなよ、木村。なんであんたがそれを……。もしかして、この記事もあんたが――」

木村に詰め寄る。

彼は目を白黒させながら、首をぶんぶんと振った。

「そ、そうじゃない！　そうじゃなくて――！」

「はいどーも、『夕暮の騎士』でーす！　皆さま大変お待たせいたしました！　ようやく、主役のお出ましですよ！」

場に似つかわしくない、甲高い声が教室に響き渡る。

見知らぬ男が教室の中に入ってきた。軽薄そうな髪の長い生徒だ。

彼はスマホを掲げ、大声で話しながら教室の中を歩く。

周りの会話が止まり、奇行にざわめく。

ただ、ひとりだけ真っ青になっている生徒がいた。木村だ。

「し、清水……、や、やっぱり、あいつだ！　あいつがこの記事を書いたんだ……！」

呆然と呟いている。

あの記事を書いたのは、あの清水という男……？

先ほどから、展開が目まぐるしくてついていけない。一度、整理させてほしい。

なのに、あの男の口は止まらない。

「えー、説明文を読んでもらえばわかるんですけど、今から来た人のために説明しまーす！　実は俺！　今、裏営業で話題沸騰中のあの夕姫こと夕暮夕陽さんと同じ高校なんでーす！　すごい偶然でしょ～？　今から、この俺『夕暮の騎士』が独占インタビューを始めちゃいます！」

――待て。今、何と言った？

血の気が引いた。今、なんと、こいつはなんと言ったのだ。なぜそれを知っている。夕暮夕陽が渡辺千佳であることを、なんでこいつまで知っている……？

慌てて千佳を見るが、彼女は呆然として立ち尽くしていた。

何が起こったかわかっていない。

由美子は焦りながら、清水に視線を戻した。

そこで気付く。

清水のスマホのディスプレイが見えたのだ。

インカメラになっているようで、ディスプレイには清水の顔が映し出されている。

動画サイトの配信アプリを開いているのがわかった。

つまり、今、彼はこの状況をネットで配信している。

「ちょ、待っ——」

反射的に、彼のスマホを奪い取ろうと手を伸ばす。しかしそれより先に、清水は素早く教室の中を移動した。スマホを操作し、カメラが通常視点に戻る。清水が前に手を向けた。スマホには彼の視界と同じように、教室内が映される。

今、この教室の光景が配信されている。

千佳は突然のことに動揺して固まり、清水と相対してしまった。

「や、やめて……っ」

カメラを向けられ、すぐに千佳は手で顔を隠す。

拒絶の声を出すが、それがかき消える大声を清水が張り上げた。

「皆さん、衝撃の事実を教えちゃいましょう！　なんとあの夕姫、学校ではこーんな地味女なんです！　ぜんぜん違うでしょ⁉　俺ファンだったのにめっちゃショック！　これも初公開ですよね、どーんと観てください！」

清水はカメラを千佳の前で揺らしている。

運が悪いことに、千佳の席は廊下側だった。壁と席がくっついている。

椅子の横に陣取られると、逃げ出すことが難しい。

「や、やめて、撮るのをやめて！」

千佳が悲鳴のような声を上げた。両手で顔を隠しながら叫ぶ。

ちらりと見えた表情は悔しさに染まり、唇を噛んでいるのが目に入った。

そうだ、止めなくては。放っておくわけにはいかない。

「う、うわぁー！　やめろぉ！」

木村が叫び声を上げながら、清水に向かって飛び出していた。

「お、お前、お前なんかファンでも何でもない！　た、ただの迷惑野郎だぁ！」

「は？　なんだよお前、邪魔すんじゃねぇよ！」

木村が清水に飛び掛かるが、すぐさま引き剝がされる。

激昂した清水に、腹を蹴り飛ばされてしまった。

女子の悲鳴が上がる。

うずくまって動かない木村を見下ろし、清水は声を荒げる。

「気持ち悪ぃなぁ、黙って見てろよ！　俺にはこの女を尋問する資格があんだよ！」

その乱暴な声と言い分に、千佳の肩が震える。

スマホを向けられても、今度は何も言えなかった。

「お前さぁ、立場わかってる？　俺たちファンを裏切ったんだよ？　何されても文句言えないんだよ？　まずは謝罪じゃないの？　土下座しても許さねーけど」

千佳は見るからに怯えていた。

顔を隠していた手はいつの間にか降りて、胸の前でぎゅっと握られている。

恐怖が身体を支配する。

今の清水は何をするかわからない。

彼は男性だ。男の腕力だ。壊されることを想像し、由美子まで動けなくなる。

「おぉっと！　ごめんなさい、インタビューを忘れていましたね！」

恐ろしいのは、さっきまで声を荒げていたくせに、急に明るく振る舞うところだ。

降ろしていたスマホを再び千佳に近付け、鋭い言葉を突きつける。

「夕姫さぁ、ヤっちゃったんでしょ？　あの監督と。神代アニメに出たいからってさぁ、そこまでする？　裏営業ってお前、終わってるよマジで。まぁでも、そうでもしないとあんな選ばれ方しねーもんな。どんなプレイをすれば、主演なんて取れるんですかぁ？」

「――――っ」

目の奥で火花が散った。

怒りが恐怖を凌駕した。

あの野郎、と足が前に出る。

奴に喋らせてはいけない。これ以上聞いていれば、頭がおかしくなる。

清水のすぐそばまで近付き、腕をぐっと摑んだ。

「おい、やめろよ。配信も止めろ」

「あ？」

清水が顔をこちらに向けて、不快そうに睨んでくる。

その目には恐怖を覚えない。

いつもいつも、真っ向から睨んでくる女の目つきは、尋常じゃないほど悪いのだ。

清水を睨んでいると、なぜか彼はだらんと腕の力を抜いた。

そして、にやぁっと気持ちの悪い笑みを浮かべる。

「……皆さーん。『夕陽とやすみのコーコーセーラジオ！』って聴いてます？　知らない人のために説明すると、実際のクラスメイトである声優ふたりがやってるラジオなんすよ。夕暮夕陽と歌種やすみがクラスメイトなんですわ。その、歌種やすみさんが今俺の目の前にいるんですけどー、夕姫より驚きますよ。見た目がぜーんぜん違いますから」

獲物を見る目を向けられていることに、今更気付いた。

彼の言葉に心臓を握られたような、そんな危機感を覚える。

どうやって特定したのかはわからないが、渡辺千佳と夕暮夕陽を結びつけられるのだから、歌種やすみと佐藤由美子を繋いでいてもおかしくない。

まずい。

上がった体温が急激に冷える。

今の姿を見られるのは本当にまずい。

今すぐここから逃げなくては……！

しかし、それよりも早くカメラがこちらに向く。

動けないまま、自身の姿がカメラに捉えられるのを見つめた。

「――――がっ！」

けれど、突如、清水の身体が大きく揺れる。

バランスを崩して、椅子と机をぶちまけながら、床に倒れた。

何が起こったのかわからなかった。

前のめりで拳を突き出す千佳の姿を見て、ようやく悟る。

千佳が、思い切り清水を殴り飛ばしたのだ。

それに気付いたのは、再び女子の悲鳴が聞こえたあと。

千佳は拳を痛めたのか、右手を押さえながら清水を見下ろしている。

息は荒く、目には恐怖を宿らせながらも、それでも彼女は動いた。

「うわぁ！　この女！　殴った、殴ったよ今！　これは大問題じゃないの！　裏営業に続き、暴力事件だよ！　声優が暴力を振るうだなんて、大事件だよなぁ！」

清水は殴られたというのに気力は萎えておらず、むしろ大喜びだった。

スマホを千佳に向け、嬉しそうに喚く。

千佳は手を擦りながら、唇を噛んでいた。

倒れたまま吠える清水に対して、千佳は「うるさい！」と思い切り叫ぶ。

教室が静まり返る。

堰を切ったように、止まらぬ罵声を彼にぶつけた。

「な、なんなの、なんなのよ⁉　なんで……、なんで何も知らないあなたたちに振り回されなきゃならないの⁉　ひ、人の生活を、あ、暴いて盗撮するのは許されて、なんで……、わたしの方が加害者みたいに言われなきゃならないの⁉　勝手に期待して！　勝手に想像して！　勝手に失望して！　もう……、もう、いい加減にしてよッ！」

千佳は叫んだ。

感情を剥き出しにし、嫌悪に塗れた表情で、清水に言葉を叩きつける。

それは本心だろう。怒りに我を忘れた渡辺千佳の姿だった。

由美子にとってそれほど意外ではない。

千佳が本気で怒ったら、こんな感じだろうな、とは想像がつく。

でもそれは、由美子が普段の千佳と付き合いがあるからであって。

夕暮夕陽しか知らない人には、どんなふうに映るのか。

「！　渡辺！」

千佳は最後に悲しそうな顔をすると、教室の外に走り去ってしまった。

慌てて追いかける。

廊下を走っていると、担任とすれ違った。

「おい、本鈴鳴ったぞ」

「腹痛です！」

叫び、そのまま走った。

廊下にはほかの生徒はおらず、千佳の後ろ姿を見つけるのは容易かった。

「渡辺！」

名前を呼ぶが、彼女は止まらない。ぐっと足に力を入れる。千佳の足は速くはない。

すぐに追いつき、彼女の腕を掴んだ。

しかし、今度はそれを振りほどこうとする。

「待ってよ。お願いだから」

そう伝えると、ようやく止まってくれた。

千佳は俯いている。どんな表情なのかわからない。

どう声を掛ければいいのか、何を話せばいいのか、由美子にはもうわからなかった。

頭が真っ白になっている。

せっかく目の前にいるのに、上手く言葉が出ない。細い腕を握ることしかできなかった。

千佳は小さな、本当に小さな声で言葉を紡ぐ。

「……せいせいしたでしょう？　あなたも疑っていたものね。裏営業なのよ。そうなってしまった。みんなそう思っているのに、そこに証拠が加わってしまったんだから……、もう、そうなの。だって」

「渡辺」

名を呼ぶ。すると、彼女のうわ言めいた言葉は止まった。ゆっくりと息を吐く。

「やってないんでしょ？」

「…………」

「昨日のことは、あたしが悪かった。ごめん、本当にごめん。あれはあたしがむしゃくしゃしてたのが悪くて、本当にそう思って言った言葉じゃない。本心じゃない。あの役はあんたが、夕暮夕陽が、実力で勝ち取った役。そうなんでしょ？」

「…………」

千佳は答えない。黙ったまま下を向き、何も言ってくれない。

しかし、しばらくしてからようやく、彼女は「そうよ」と小さな声で返事をしてくれた。顔は伏せたまま、聞き落としそうな声で話を続ける。

「不正なんて、絶対にない。裏営業なんて冗談じゃない。大好きな神代アニメにズルをして出演するなんて、一生の汚点になる。後悔になる。人生の否定よ。あの役はわたしの声だけで取ったもの。それは言い切れる」

静かな声ながらも力強い言葉に、内心でほっとする。

疑っていたわけじゃない。

でもこうして、本人の口から否定してもらえると安心できた。

なかったんだな、と再確認できる。少しだけ肩の力が抜けた。

「でも」

由美子の安堵を咎めるように、千佳の鋭い声が聞こえた。

彼女の腕には力が入ったままだ。

千佳は変わらず下を向いたまま、独り言のように言葉を並べる。

「そんなの、だれが信じる？　信じてくれる？　わたしがそうじゃないって否定しても、もうダメなの。どうしようもないの。わたしの言葉は、もうだれにも届かない。役を得るために裏営業を平気でする、汚い新人声優。それがわたしよ。そう決まってしまった。あなただってわかるでしょう？　さっきの男みたいな奴らばかりなのよ……、もう終わりよ……。せっかく、せっかく少しだけ、アイドル声優が楽しいと思えたはずなのに……」

千佳の声は震えている。細い肩がより小さくなり、今にも崩れてしまいそう。

こうして腕を掴んでいなければ、彼女はすぐにでも消えていきそうだった。

言葉が出ない。

何も言えない。

千佳の言葉は決して大袈裟ではなかった。

一度広がった話を取り消すなんて、不可能に近い。疑惑を取り除くことはできない。
千佳がどれだけ声を上げようと、神代監督が否定しようと、嫌疑は消えない。
それに何より、千佳は神代監督と抱き合い、部屋に入ってしまっている。
この件に関しては否定も何もない。
本当に何もなかったとしても、信じるファンはどこにもいない。
そのうえ、今回撮られた動画の件がダメ押しになる。
「………………っ」
由美子が何も言えないまま唇を噛んでいると、千佳が顔を上げた。
その表情を見て、動けなくなる。
胸がきゅうっと締め付けられる。
千佳は、何も言わずにはらはらと涙を流していた。涙が床に落ちていく。
気の強そうな瞳は力を失い、唇は震えている。
大人しい少女のように、彼女は声も出さずに泣いていた。
千佳は由美子の手を自分の腕から外し、涙に濡れた声でこう言った。
「もうわたし、声優やめる……」
そう言って立ち去る千佳を、由美子はもう追いかけることができなかった。

教室に戻る。どうなったのだろう、と外から様子を窺うと、教室は平常を取り戻していた。

既に一時間目の授業が始まっていたので、扉を開けると一斉に注目を浴びる。

「あぁ、佐藤。もう授業始まってるぞ」

「すみません。お腹痛くて」

教師に腹を擦りながら答えると、「まだ痛むようなら保健室行けよー」とだけ言われた。

席に着き、教科書を出しながら教師を見る。

こちらを向いていないことを確認し、前の席の若菜にそっと声を掛けた。

「若菜。さっきの……、騒いでた奴ってどこいったの？」

「んぅ？　なんかねぇ、あのあと先生が来て、どこかへ連れていったよ」

顔を近付けて、こしょこしょと話す。

あれだけの騒ぎを起こせば、そりゃ先生たちが捕まえるだろう。今頃、生徒指導室か職員室で事情を聴かれているに違いない。そのうち由美子も呼ばれるかもしれない。

「……あれ、木村は？」

若菜の隣が空席であることに気付く。

「保健室だって。大したケガはないみたいだけど、貧血か何かみたいで」

「あぁ……」

蹴り飛ばされたあと、そのまま動かなかったのを思い出す。

……一応、庇ってくれたみたいだし、あとでお礼を言った方がいいだろうか？

由美子が考え込んでいると、若菜は顔を近付けてくる。

「ねぇ、由美子？」

「うん？」

「渡辺ちゃんが声優さん？　っていうのは、わかったんだけど、由美子もそうなんだね？」

「――――――」

わずかとは言え、清水は由美子にもそのようなことを言った。そのあとの千佳の行動が強烈すぎて、記憶に残ってないかも、と思っていたが、若菜は覚えていたようだ。

それも当然かもしれない。若菜は由美子の親友だ。

「……うん。言えなくて、ごめん」

「いいよいいよ。由美子が何かを内緒でやってるってことは、ずっと前からわかってたし」

「あらま……」

どうやら、彼女はわかって黙ってくれていたらしい。よくできた友人だ。

「由美子が話さないってことは、言えないことなんだろうなぁって思ってたし。もう話せるようになった？」

「……うん。また今度、聞いてくれる？　多分長くなっちゃうと思うんだけど」

「ドリンクバーだなぁ、これはぁ」

うへへ、と若菜が笑う。由美子もつられて笑った。

本当なら、今日にでも話してしまいたかった。

今まで隠し事をしていた後ろめたさと、ようやく若菜に話ができる嬉しさ。その両方がある。

けれど、今日はダメだ。

若菜が何も言わないのは、それもわかってくれているのだろう。

考える。考える。

授業中、ずっと頭を動かしていた。

四時間目の授業中、スマホが震えた。加賀崎からメッセージがきている。教師の目を盗んでそれを見ると、URLと「これを見たら連絡をくれ」と書かれていた。

URLを開くと動画サイトに繋がったので、そっと音量をゼロにする。

見覚えのある教室。見覚えのある女生徒。見覚えのある展開が、動画の中で再生されている。

あの動画は生配信されていた。

それはわかっていたが、こうして目の当たりにすると、心がずぅんと重くなる。

四時間目が終わり、昼休みに入る。

「ごめん、先食べてて」

若菜に断ってから教室を出た。

廊下の隅に行ってから、加賀崎に電話を掛ける。幸い、すぐに出てくれた。

『あー、由美子か。大変だったみたいだな。そっちは大丈夫か』

「ん。うん、あたしは大丈夫」

苦笑いでそう答える。とても大丈夫な心境ではないが、少しだけほっとした。

信用できる大人の声は、それだけで安心感を与えてくれる。

事情を話してくれ。彼女にそう言われたが、多くのことは由美子にもわからない。

どこかで自分たちの正体がバレ、裏営業のニュースで激昂した清水が、配信しながら暴れた。

わかるのはそれくらいだ。

話を聞いた加賀崎は、そうか、と短く返事をし、言いづらそうに話を進める。

『……夕暮は厄介なことになったな。どう対処するかは事務所さんが決めることで、あたしらが考えても仕方ないことだが。連絡がつかないらしいんだけど、学校にまだいる？』

「ううん。帰ったけど……」

『そうか……、えー、それでな、由美子。あの動画の話なんだけど。幸い、あの動画にお前の姿は映ってなかった。命拾いした』

加賀崎の言う通り、あの動画に由美子は映っていなかった。

カメラが向く前に千佳が清水を殴り飛ばしたからだ。

『で、あまり私生活に干渉するのは避けたかったんだが……。普段の姿を、ファンに見られてもいい格好にしておいてくれるか。学校が特定されてるんだ、お前らのファンが来る可能性がある。歌種やすみ＝佐藤由美子の図ができあがった今、あの格好をするのは――』

「加賀崎さん」

『……なんだ？』

話を途中で遮られ、加賀崎は怪訝そうな声を上げる。

由美子はゆっくりと深呼吸をした。

少しだけ迷う。

加賀崎の声を聞いて、緩んだ気持ちがそのまま「もういいじゃないか」と言ってくる。

しかし、由美子は迷いを打ち切るように首を振った。

「あのね、加賀崎さん。あたし、加賀崎さんにはすごく感謝してる。加賀崎さんが良くしてくれるから、あたしはまだ声優らしい仕事ができてる。頑張れてる。頑張ろうって思える。加賀崎さんがいなかったら、どうなっていたかなんて怖くて考えられない。いつもありがと。……けど、ごめん。――あたし、今日で声優生命終わるかもしれない」

『は？　ちょっと待て、由美子。それはどういう――』

ぷつりと電話を切ってしまう。

すぐに加賀崎は折り返してきたが、無視をしてスマホを仕舞った。

「若菜！」

急いで教室に戻り、お弁当を食べていた彼女に声を掛ける。

鞄の中に荷物をつめこみながら、話を進めた。

「あたし今から帰るから！　センセーに早退しました、って言っておいて！」

「うん？　腹痛でいい？」

「いい！　ありがと！」

鞄を掴み、教室から走り去る。

廊下を駆け抜けながら、電話を掛けた。

『はい、もしもし』

「朝加ちゃん！　お願いがある！　今から行っていい⁉」

『は？　へ？　えぇ？』


午後八時、十分前。

由美子はいつものスタジオにいた。

だが、普段のブースとは違う。

動画撮影用のブースだ。

そこに、千佳を除いたコーコーセーラジオのスタッフが集まっている。

「どう？　人、来てる？」

朝加が操作するノートパソコンを覗き込みながら、尋ねる。

朝加は複雑そうな笑みを浮かべた。

「すっごい人。こんな数字、わたしが担当してる番組じゃ見たことないよ」

「ま、そりゃ題材が題材だからねぇ。あたしのツイッターもさ、宣伝ツイートがめちゃくちゃバズってるし、フォロワー数ガンガン増えてる。売名行為かっつーのってね」

けらけら笑って見せたが、半分以上は強がりだ。

黙っていると緊張が身体を支配する。

今すぐ、「やっぱりやーめた！」と言って帰ってしまいたい。

事務所にも黙って始めたので、最初は加賀崎からの電話が凄まじかった。

しかし、事態を把握したらしい彼女から「事務所はあたしが何とかしておく」というメッセージが届くとともに電話が止んだ。

加賀崎には迷惑を掛けっぱなしだ。これが終わったら、真っ先に詫びを入れに行こう。

……もう、会ってもらえないかもしれないけど。

パソコンに映っているのは、動画サイトの生放送画面。

今から由美子は生放送を始める。

『夕陽とやすみのコーコーセーラジオ！　出張版』と銘打った。

放送は八時からだ。一時間前から番組を公開したら、放送待ちの視聴者が恐ろしいほど集まった。絶え間なくコメントが流れている。

それらのほとんどが、千住の裏営業について、今朝の動画についてだ。凄まじく荒れている。

この放送にこれだけ人が集まるのには理由がある。

この番組の説明文に、歌種やすみとして『夕暮夕陽さんのお話をさせてください。ニュースのこと、今朝の配信動画のことについてです』と書き込んだ。

そりゃあ人も集まる。

夕暮夕陽も事務所もまだコメントを出してないのに、横からほかの声優が『わたしが話をします』と飛び出してきたのだから。

きっとブルークラウンからもお叱りを受ける。

自分が処分を受けるだけならまだしも、ダメージを負うのはおそらく事務所のチョコブラウニーだ。申し訳ない気持ちでいっぱいになる。

クビになっても文句は言えない……、どころか、クビだけで済むだろうか。

でも、今はこれに集中しよう。あとのことは考えるべきじゃない。

「やすみちゃん、そろそろスタンバイしてって」

朝加に指示され、頷く。

ブース内は四角形の白い部屋で、本来なら番組用のちょっとしたセットを組む。

今は何もない。

ブース内には、椅子が置いてあるだけ。

カメラの後ろにはモニターが用意されていて、カメラで撮った映像をチェックできる。

モニターには由美子の姿だけが映っていた。

そこから視線を外し、ブース外の調整室に目を向ける。

由美子の無茶な提案を受け入れてくれた、頼りになる大人たちがそこにいる。

「みんな、あたしの無茶ぶりに付き合ってくれてありがとう。すっごく感謝してる。そして、ごめん。あたしが想像しているよりずっとずっと、迷惑を掛けているんだと思う。どう感謝を伝えればいいかわからないけど、とにかく、本当にありがとう」

彼らは由美子の明らかに問題のある提案に、乗ってくれた。

番組ディレクターである大出が、笑いながら口を開く。

「お礼なんて言わないでいいよ。俺はさ、単に数字が取れそうだから乗っただけなんだ。それ以上に理由なんてない。こんな汚い大人に感謝なんてしなくていいよ」

「じゃあ、汚い大人でいてくれてありがと」

由美子の言葉に、ブース内は笑いで包まれる。

由美子は笑みを浮かべながら、カメラの前の椅子に腰かけた。

マイクテストは済んだ。あとは八時になるのを待つだけ。

ふぅ、と息を吐く。緊張でどうにかなりそうだ。頭がぼんやりする。かといって雑談するような心境でもなく、ただ時間を待つことしかできない。

これからどうなるんだろう。そんなことを考えると、震え出しそうだった。

「やすみちゃん」

ただただ緊張に耐えていると、朝加に声を掛けられる。

彼女は由美子に負けず劣らずの不安そうな表情を浮かべていた。

「本当にいいの？　今なら、間に合うよ。放送を取りやめることだってできる。ごまかす方法ならいくらでもある。それでも……」

「朝加ちゃん。ありがと」

彼女の目を見ながら、笑顔で首を振った。上手く笑えたと思う。

朝加は言葉を詰まらせたあと、静かに微笑んで頷いた。

「……わかった。やすみちゃん、頑張って」

「うん、ありがとう。今日のお礼に、今度ご飯作りに行くよ。何食べたいか、考えておいて」

「ん。わかった。楽しみにしてる」

「三十秒前」

調整室のスタッフから、カウントの声が入る。

由美子は目を瞑った。よくよく考えれば、ひとりで放送するなんて初めてだ。

相方がいるということが、どれだけ安心感を与えるものなのか、このタイミングでわかった。

いいもんだな。ぼんやりそんなことを考える。

今はひとり。『夕陽とやすみのコーコーセーラジオ！』と名乗っておきながら、ここに夕暮夕陽はいない。

……いや、歌種やすみもいないのかもしれない。

残り十秒、というところで、ふっと緊張が和らぐのがわかった。

スイッチが入った。歌種やすみを演じるためのスイッチが。

これがなかなか便利なもので、緊張や不安を拭い去ってくれる。

あとは明るく、「歌種やすみです！」と挨拶すれば、歌種やすみとして走り出せる。

残り少ないカウントを聞きながら、由美子はモニターに目を向けた。

そこには座っている自分の姿が見える。

「五、四、三……」という声を聞きながら、由美子は心の中で、
そっとスイッチをオフにした。

放送が始まる。少しだけ間を置いてから、由美子はゆっくり頭を下げた。

「こんばんは。歌種やすみです」

普段の歌種やすみとは程遠いテンションで、完全な地声で、由美子はそう挨拶した。

別に畏まっているわけではない。

普段のテンションを見せているだけだ。

「驚かれた方も多いと思います。あたし、歌種やすみを知っている人も、知らない人も。声優ラジオでこんなギャルが座っていたら、そりゃ驚くってものです。まずは謝罪を。これがいつものあたしです。騙していて、ごめんなさい」

――そう。

今、由美子は普段の姿で、つまりギャルの姿でカメラの前に姿を現していた。

ふわっとゆるく巻かれた髪に、胸元を飾るネックレス。

スカートはギリギリまで短く、メイクは盛りだくさんだ。

普段の歌種やすみとはかけ離れた姿だ。

モニターを見る。流れるコメントの量が尋常ではなく、混乱しているのが見て取れた。

カメラに向き直り、由美子は話を進めた。

「この放送を観ているほとんどの人は、あの動画を観たと思います。夕暮夕陽が学校で問い詰められている動画です。あれを観ればわかる通り、あたしと同じであいつもみんなを騙していました。普段はあんな暗い奴です。口も悪いです。夕暮夕陽も歌種やすみも、マイクの前ではキャラを演じていました。そっちの方がウケがいいから」

淀みなく話す由美子を見て、朝加の表情がさらに不安そうになる。

あまりにも取り繕うことなく話すからだろう。

でも、これでいいんだ。

「あたしたちはラジオ内では仲良さそうでしょうが、仲なんてよくありません。むしろ悪いです。いつも口喧嘩ばかりだし、学校ではほとんど口をききません。あいつはあたしを嫌いでしょうが、あたしもあいつが嫌いです。大嫌いです。口は悪いわ目つきは悪いわ、どうしようもない奴なんです。あいつの悪口だけで何時間でも潰せるね、あたしは」

へっ、と悪い笑みが出る。

歌種やすみだったら絶対にしない笑い方だ。

朝加たち含め、スタッフは見慣れているが、視聴者はどうだろうか。ファンはどうだろうか。こんな自分を観て、どんな思いを抱いているのだろう。

そんな考えをかき消す。

今はそんなことを気にしている場合じゃない。

やると決めた。なら、やり遂げなくてはならない。

「……ただ、あたしも同じくらいどうしようもない奴なんだ。普段のあたしは口も悪いし、気だって強い。服装だって好きでこんなカッコしてる。でも、こういうカッコが受け入れられないのはわかってるし、普段の可愛げのない性格だったらファンもつかない。だから演じた」

そっと息を吐く。声から力がなくなる。

嘘を吐いていました。

そう告白することが、こうも心を重くするなんて。

「あいつはさ、事務所から言われて仕方なくやってるけど、あたしは進んでやってるよ。そっちの方がウケいいんだから。バレたら一大事だけど、先の話より目先の仕事の方が大事だった」

千佳の正体が晒されたあと、少し考えてもみたのだ。

こうなるなら、最初から素で声優業をすればよかったんじゃないかと。

キャラなんて演じない方がよかったんじゃないかと。

でも、その考えはすぐに打ち消した。

由美子はもちろん、千佳でさえ素のままなら仕事はなかっただろう。

アイドル声優で作った土台があるからこそ、今の仕事がある。それは確実だ。

それがなければ、今の地位にいくことさえ何年も遠まわりしたと思う。

「……話が少し脱線したね。夕暮夕陽、今朝の動画の話をするよ。あれを観た人はわかると思うんだけど、あいつの姿がはっきり映っていた。地味な普段の姿ね。あれは見られちゃいけないのに、そのうえ、裏営業疑惑を問い詰められて、あいつはすごくキツかったと思う。怖かっただろうし、嫌だったろうし、怒ってたとも思う。怒ってたのは――わかるか。あれだけ怒鳴り散らしてたら」

あのときの千佳の怒りっぷりは記憶に残っている。

清水を殴り飛ばし、声を荒げた。

今まで怒る姿は何度も見てきたけれど、あんなふうに感情を爆発させたのは初めて見た。

ただ。

由美子はひとつ、違和感を覚えていた。

「あのとき、あいつはあの男を殴った。あの動画を観た人はさ、あいつが怒りで暴力を振るう奴だと思うよね。でも、いつも怒らせているあたしからすれば、あれこそ嘘っぱちで。あいつは、感情が昂ったからって、暴力に走る奴じゃないんだ」

由美子に怒ることは何度もあったけれど、手が出たことは一度もない。

前日、あれだけ酷いことを言った由美子に対しても手は出なかった。

人を殴ったのはあのときだけ。

由美子にはあの暴力の理由に心当たりがあった。

「……見て欲しくはないけど、あの動画を観ればわかるよ。あいつは、あたしを庇ったんだ。あの男があたしの正体を晒そうとして、カメラを向けようとした瞬間、あいつはあたしから目を逸らさせた。守ってくれたんだ。あたしのこの姿が公になれば、アイドル声優として終わる。自分だってあんなに大変な状況で、あいつはあたしを守ってくれたんだよ……」

頭に手をやると、くしゃりと髪が潰れた。

そうだ。そうじゃなきゃ、あの状況、あの流れで由美子の姿が映ってないなんておかしい。

あれは幸運だったわけではない。

千佳が身体を張って守ってくれたのだ。

「……せっかく守ってくれたのに、こうしてみんなの前に出るのはどうなんだっていう話なんだけど。でも、この姿じゃなきゃダメなんだ。嘘を吐いていないあたしで、本当のあたしで、夕暮夕陽についてもらいたいことがある。あの、裏営業疑惑についての話」

ここからが本題だ。

姿勢を正す。カメラをまっすぐに見つめ、由美子はゆっくり口を開く。

「あいつは、やってない」

はっきりとそう言った。

「あいつは性格捻くれてるし、根暗だし、どうしようもない奴だけど——声優という仕事に対してはすごく真摯だった。まっすぐだった。普段からアイドル声優であることに疑問を持ってて、ファンを騙すことも心苦しく思ってて、声の仕事だけに専念したいってずっと言ってた。嘘を減らす努力だってしてたんだよ。それに、夕暮夕陽のファンなら知ってると思うんだけど、あいつ、神代アニメの、ファンで、さ……」

途中で言葉に詰まった。

唇が震える。声が上擦りそうになる。感情が昂る。

どうしようもない想いが、内から溢れて仕方がなかった。

「大好きな作品にズルをして出るなんて、一生の汚点だ、って。人生の否定だ、って。そう言ってたの……！　裏営業なんて、絶対にするような奴じゃないんだよ。むしろ、そういうことが一番苦手なんだよ！　わかるんだよ。わかっちゃうんだよ。そういうことができないって！　あいつは……、あいつは！　捻くれてるくせにどこまでもまっすぐで、いつも前を向いていて、あたしの憧れで！　それが夕暮夕陽なんだよ！」

　自然と声が大きくなる。

　頭に千佳の姿が浮かんでしまった。

　声優としての千佳は格好良かった。夕暮夕陽は格好良かった。だから憧れた。嫉妬した。そんな千佳に認められて、嬉しいと思ってしまった。そんな声優なのだ。

　前を進む千佳を見るのは辛かったけれど、背中を追いかけることに随分救われていたと思う。

　負けたくない、と思わせてくれた。

　由美子は拳を握る。身体に力が入り、強い感情が駆け巡る。

　それが身体を喰い破らない代わりに、涙となって姿を現した。視界が滲む。涙が溢れるのを止められない。

　それでも、それでも由美子は口を開いた。

「何よりあいつが言ったんだ！　不正なんてない、裏営業なんて絶対にない、って！　じゃあそうなんだよ！　やってないんだ！　やってないんだよ……！　信じてよ、あいつの、夕暮夕陽の言葉を信じてよ……！　なんで伝わらないの……っ。あんたら、あいつのファンなんでしょう……？　好きであの子を追いかけていたんでしょ……？　確かにあいつは嘘を吐いてたけど、アイドルなんかじゃなかったけど！　あんたらが惚れたあいつの声は、本物だったはずでしょう……？　少しでもあいつが好きだというのなら、好きなんだったら、救ってよ……っ。あんたたちが『もう大丈夫だよ』って言うだけで救われるの……っ！　このままだと、あいつ声優辞めちゃう……、そんな悲しいこと、ないじゃない……っ！　あたしは、まだ、あいつといっしょにラジオをやりたいよ……っ！」

涙声になりながら、詰まり詰まり話をしたが、もう限界だった。

嗚咽が溢れる。涙が止まらない。

口を押さえ、下を向いてしまう。

ダメだ、泣いていちゃダメなんだ。そう思うのに、涙はとめどなく溢れていく。

そのときだった。

ブースの扉が開けられたのは。

最初は、由美子が喋れなくなったから、中止のためにスタッフが入ってきたのかと思った。

でも、扉を開けて立っていた人は、ここにはいないはずの人物だった。

それは『夕陽とやすみのコーコーセーラジオ！』、もうひとりのパーソナリティ。

夕暮夕陽、渡辺千佳がそこに立っていた。

学校にいるときと同じ、長い前髪に制服姿で。

手にはスマホが握られている。わずかに見えたディスプレイには、この生放送が映っていた。全力で走ってきたかのように、息を切らしている。

「あ、あんた、なんで……？」

あまりのことに、由美子は驚いて席を立つ。

千佳は何も答えずに息を整えていたが、まどろっこしくなったのか、そのままこちらに近付いてくる。

そして。

彼女は由美子の身体をぎゅっと抱きしめた。

「あなたのそういうところ――本当に嫌い」

由美子を強く抱きしめ、振り絞るように言う。

彼女の目には涙が溜まっていて、由美子を掴む手には力が込められている。肩は震えていた。

この状況に混乱しながらも、由美子は千佳の腰に手を回す。

千佳が目の前にいる。

それにどうしようもなく、安堵した。彼女の温もりがすぐそばにある。

渡辺千佳がここにいる。

また泣きそうになるのを、懸命に堪える。

泣いている場合ではない。状況を把握しなくてはならない。

「渡辺、あんたなんでここに……？　連絡つかないって言ってたのに……」

「ええ。全部嫌になって、スマホの電源切って、何も見ずに家でじっとしていたわ。しばらく外に目を向けるつもりはなかったのだけど、わたしの家に迎えに来てくれて。これを観ろ、って。この放送のことを教えてくれた。だから慌てて飛び出してきたの」

「迎えに……、って。だれが」

マネージャーか？　問いかけようとした由美子から身体を離し、千佳は視線を扉に向ける。

そこから男性が入ってきた。

背の高い細身の男で、年齢は四十代半ばくらい。彫りの深い顔つきだ。やさしそうな雰囲気を纏っている。よれたワイシャツに皺のあるチノパンを穿いていた。

少しばかり仕事に疲れていそうな、この男性には見覚えがある。

名前が頭に浮かんだとき、驚きでそのまま声に出してしまった。

「か、神代監督!?　な、なんで……？」

千佳とともに写真を撮られていた、アニメ監督の神代である。

彼もどうやら走ってきたようで、膝に手をついている。

彼は柔和そうな顔を由美子に向けて、静かに笑った。

「どうも、歌種さん。初めまして、神代です。突然、このような形の挨拶になって申し訳ない」

「いえ、それは……、大丈夫、ですけど」

「失礼を重ねてしまいますが、あなたが作ってくれた時間をお借りしたい。夕暮夕陽とわたしとの関係を、皆さまにお伝えしたいんです」

神代はカメラに手を向ける。

一度緩んだ緊張が再び戻ってくる。

神代がこの騒動を受け入れても否定しても、どちらせによファンの怒りは収まらないのではないだろうか。どう転がるかわからない。

モニターを観れば視聴者の反応がわかるが、怖くて見られなかった。

カメラの前に千佳と神代が並んで立つ。

千佳は目を瞑って黙り込み、隣の神代がたどたどしく語った。

「神代です。これを観られている方は、あのニュースをご存じだと思います。夕暮夕陽がわたしとおかしな関係ではないか、という疑念です。それはありえません。誤解させて申し訳ないので、わたしとこの子の関係を皆さまにお伝えします。わたしとこの子は――実の親子です」

「……は？」

声が漏れた。邪魔をしてはいけない、と静かに見守っていた由美子だが、あまりのことに声が出た。てっきり、交際関係であることを伝えるか、関係を否定すると思っていたのに。

親子。親子だって？

「ちょ、ちょっと待ってよ！　渡辺のお父さんってあれでしょ、アニメーターの！　あんたが声優になるきっかけになったたっていう！　そう言ってたじゃない！」

「……そう言ったわよ。アニメーターだった、って。離婚する前はそうだったの。監督になったのはそのあと」

しれっと言う千佳に何も言えず、えぇー……、と気の抜けた声が漏れた。

アニメーターからアニメ監督になる人はたくさんいるけれど、それなら言ってくれれば……。

親子と言われてふたりを見比べるが、とてもそうは思えない。

そういう空気を感じないのは、いっしょに暮らしていないからだろうか。

しかし、よくよく見ると、千佳の顔には神代の面影があるように感じた。千佳はかなり母親似だけれど、要所要所で神代の特徴を感じさせる。

似ている、かも。

「……じろじろ見ないで頂戴」

千佳は由美子から視線を逸らし、照れくさそうにそっぽを向く。

「あ。もしかして、前に言っていた秘密基地って」

話を聞いていて、ぴんときた。

初めて千佳から父親の話を聞いた、お泊まりしたとき。

あの日、彼女はアニメのブルーレイやグッズを、秘密基地に隠してある、と言っていた。

それは、神代のマンションではないか。

「そういうこと」

静かに肯定する。母親に見つかったらまずいアイテムを、父親のところに隠しておく。

あぁ急に親子っぽい。

神代は由美子と娘のやり取りを微笑ましく見たあと、言葉を重ねた。

「わたしと彼女が実の親子であることは、公表しない方がいいと思っていました。決してないけれど、コネか何かを誤解されるのではないかと。わたしはともかく、彼女に不利益があるのではないか。そう思って黙っていました。随分前に、この子の母親とは恥ずかしながら離婚しましたし、体裁もよくありません。……こうなるとわかっていたら、公表していたのですが」

困ったように頬を掻く。

確かに、こんな大事になるなら最初から話していた方がよかっただろう。

しかし、それ以上に由美子は納得がいかず、千佳に不満をぶつけた。

「あたしたちには、言っておいてくれればよかったのに……」

「嫌よ。あれわたしのお父さんなの～、だなんて。小学生じゃあるまいし」

「あー……」

それは、なんだか気持ちがわかってしまう。思春期の女の子として嫌だった、という話だ。

由美子に父親はいないけれど、そういう照れくささはわかる。

それと同時に、神代が懸念していたことも理由だったのだろう。

親子であるなら、ファンが嘆いたような関係ではない。

しかし、それはそれで問題が出る。

神代の言っていた、「コネか何かを誤解されるのではないか」というものだ。

神代は再び口を開く。

「わたしとこの子が親子であるなら、先日キャストが発表された『幻影機兵ファントム』のキャスト選びには意図があったのではないか……、そう考える方もいらっしゃると思います」

まだこの問題は残っている。裏営業にしろ親子にしろ、結局はコネだったのではないか。

「それは、わたしからご説明いたします」

また違う人がブース内に入ってきた。

「『幻影機兵ファントム』音響監督の杉下と申します」

彼は神代の隣に立つと、そう言って頭を下げた。

「これをご覧ください」と言いながら、彼はファイルをカメラの前で広げた。

「こちらは、以前行った声優キャストオーディションに参加した、スタッフ全員の評価シートです。神代さん以外の全員が、主役に夕暮夕陽さんを選んでいる。確かに神代さんは彼女を特別扱いしているかもしれない。しかしそれは、悪い方の特別扱いなんですよ」

杉下が開いたファイルには、確かに彼の言うような結果が並んでいた。

神代以外が満場一致で夕暮夕陽を推している。

千佳は深く頷いているが、その横で神代は困ったような笑みを作った。

「いやね、実の娘が自分の作品に声当てるっていうんですよ？　冷静な判断なんてできると思いますか？　そりゃ自分は落としますよ」

……それはそれで可哀想な気もするが。

本当に悪い意味での特別扱いだ。

千佳はそんな父親を一睨みしてから、淡々と言葉を口にする。

「神代アニメの新作が出ると聞いてから、わたしはオーディションにずっと備えていた。必死に必死に練習して、絶対に合格するためにこれ以上ないほど努力した。夢ですもの。我ながら鬼気迫っていたと思うわ。……だから合格できて、しかもそれが主演だったときは本当に嬉しかった。どれくらい嬉しかったかというと、父親にドアの前で抱き着いてしまうくらい。ごめんなさいね、わたしちょっとファザコン気味だから」

とぼけたことをしれっと言う。

いつもの千佳を知っている由美子からすれば、神代に抱き着く姿は意外ではあった。「まぁ男の前ではそういう奴なんだろう」くらいに思っていたが、そうではなかったようだ。

本当に嬉しかったのだろう。

心の底から憧れた作品に出られたのだ、その喜びは同じ声優の由美子にはわかる。

その努力の結果を踏みにじられたから、千佳はあれだけ怒った。

すべては誤解だった。

疑惑はあくまで疑惑であって、蓋を開けてみたらなんてことはない事実が転がっていた。

どっと力が抜ける。気張っていたのがバカらしくなる。

「……なんだ。じゃあ、あたしがこんなふうに出しゃばる必要はなくて、あとでどうにでもなったってこと？　完全に無駄骨？　うーわ、はーずかしー……」

頭を抱えて悶えるしかない。完全に余計なことをした。

多方面に迷惑をかけ、恥を重ね、自分のアイドル声優生命さえも潰した。

こんなことをしなくても、今のような対応を別の場ですれば、すべてが丸く収まったのだ。

「そんなことないわ」

千佳が由美子のそばに寄る。

寄り添いながら、千佳は確かめるように言葉を続けた。

「わたしは、本当に辞めるつもりだった。正直、うんざりしたもの。あんなストーカー紛いのことをされてプライベートを暴露されて、汚い言葉を浴びせられて……。何も悪いことをしてないのに、わたし自身を否定されて。つくづく嫌になった。どうでもよくなった。それに、どれだけ説明しても、一度ついた疑惑は消えない。『夕暮夕陽が裏営業をした』っていうデマはさぞかし出回ったでしょうけど、『それはデマだった』っていう話は一部の人にしか知れ渡らない。面白くないもの」

「…………」

彼女に言われ、由美子も思い直す。

芸能人でもよくあることだ。面白半分で取り上げられたゴシップは、悪評であればあるほど出回るのが早い。しかし、それが誤解だとわかっても、誤解という情報は出回らない。

おそらく、千佳はこれから先、『裏営業をした女』という扱いを何度も受ける。

その度に誤解であることを説明しなくてはならない。

その負担は尋常ではない。

「それに、『コネはなかった』っていう情報を信じない奴らも絶対にいる。声優を続けるなら、そんな奴らを相手にしなくちゃいけない。そんな気力、とてもじゃないけど残ってなかったわ」

でも。

彼女はそう呟き、そっと由美子の手を取った。

ぎゅっと握る。細い指が由美子の手を包み、温かさを共有する。

千佳はその手を見つめながら、ぽつぽつと言った。

「あなたがここまでしてくれたから。あんなふうに言ってくれたから。あなたは信じてくれたから……。本当に嬉しかった。本当に本当に嬉しかった。ここまでされたら、もう辞められないじゃない。辞めるなんて言えないじゃない。だから、頑張る。もうアイドル声優としてはやっていけないけど、上等だわ。悪評だらけの道を裸足で歩いて、トップに昇りつめてみせる。

そう思わせたのはあなたよ。あなたは本当に――」

千佳は顔を上げる。

彼女の目つきはいつものように悪く、目の奥から鋭い光が漏れている。

しかし。その目が柔らかく細くなる。口元に笑みが浮かぶ。

まるでゆっくり花が開くような笑顔だった。

穏やかに笑いながら、千佳は由美子の肩をこつんと小突く。

「――いつもわたしの邪魔をする。最低の相方だわ」

「……お互い様でしょ。あんたのせいであたしの声優生命も終わるかもしれないってのに。お先真っ暗だよ。あんたみたいな相方を持ったせいで」

千佳のせいであることを強調して、由美子も千佳の肩を小突く。そうしてから、満足げに笑った。互いに笑みを交わし合う。

「また出直しよ。ふたりでまた、最初から」

「そうね。いつかと同じだ。まぁでも、ふたりなら、ね」

ふたりの声はこれ以上ないほど優しく響き、互いの胸をぽかぽかと温めていた。

# NOW ON AIR!!

第24回 最終回

「夕陽と」

「やすみの――」

「「コーコーセーラジオー」」

「おはようございます、夕暮夕陽です」

「おはようございまーす、歌種やすみです」

「この番組は、偶然にも同じ高校、同じクラスのわたしたちふたりが、皆さまに教室の空気をお届けするラジオ番組です」

「えー、以前から告知していたとおり、『夕陽とやすみのコーコーセーラジオ！』最終回でーす」

「あまりにも迅速に打ち切られたせいで、感慨が全くないわね」

「続いたの半年だしねぇ……。いや、半年って。そりゃ感慨ないわ。どうする？　最終回だし、泣ける話に持っていきたいんだけど」

「半年しかやってない番組で泣かれても引くのだけれど……。まぁそうね。こういうときは、それらしい音楽を流してもらえば、ちょっとは泣ける最終回になるかもね」

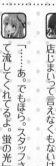

「最終回に相応しい音楽……、ええと、蛍の光とか？」

「閉店前じゃない……、いや、大きな意味では店じまいって言えなくもないけど……」

「……あ。でもほら。スタッフさんが気を利かせて流してくれてるよ。蛍の光」

# 夕陽とやすみのコーコーセーラジオ！

「なんで音源あるのよ……。本当に閉店感出てきたじゃない」

「まだオープニングなのにね。あぁそうだ、蛍の光といえばさぁ、この前お店で……」

「ちょっと待ちなさい。自然にフリートークに移ろうとしない。言うことあるでしょうに」

「言うこと？　なに？　……あぁ、素で忘れてたわ。えー、台本読むわ。『実は、このラジオを聴いている皆さんに、大ニュースがあります。『夕陽とやすみのコーコーセーラジオ！』、以前の放送で全24回で終了というお知らせを致しましたが……』」

「続きます」

「あっさり言いすぎでしょ」

「だれもが『続くんだろうなぁ』って思ってるわよ、この状況じゃ」

「それはそうだけどさぁ……。えー、一応説明しておくと、本当に打ち切りの予定だったんですよ。ただまぁ、皆さんご存知の通り、出張版の再生数とコメント数が凄まじいことになりまして。あれ以降の更新分も、比べ物にならないほどに数字が伸びましてね」

「炎上商法のお手本みたいよね」

「炎上商法にしては、ちょっと火力調整が下手すぎると思うんだけどね」

「わたしたち、完全に燃え切って炭みたいになっているしね」

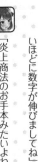

「えーとそれで、炎上後はユウもあたしもキャラ作るのをやめて、素でだらだらしゃ

Next Page!

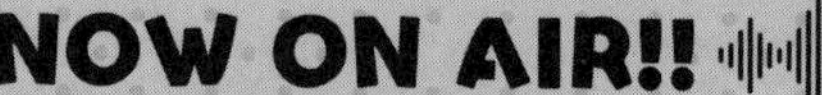

べってたんですけども」

「そっちがなぜか妙に好評で。人気出ちゃったみたい。ちゃんとお金の匂いがしてきたから、続行のサインが出たって。あんなにキャラ作って必死にしゃべってたのがバカみたいよね」

「いやぁ、ほんとに。というわけで、リスナーが飽きるまでは続くんでよろしくね」

「よろしくお願いします」

「……これ、いつまで蛍の光流してんの?」

「……『そこでお訊きしたいのですが、やすやすと夕姫には、24回の中で思い出に残っていることってありますか?』。というメールでしたが、いかがですか、夕暮さん」

「ないです。以上です」

「右に同じです。現場からは以上です。はい、次のメール……、なに、朝加ちゃん。何かないの、って言われても」

「ないわ。虚無よ虚無。虚無ラジオよ。得るものがないのがこのラジオよ」

「逆になんで続くんだろうね、このラジオ……。虚無なのは間違いないけど、あえて挙げるなら……、やっぱあの『ふたつの動画』の件じゃない?」

「……裏営業疑惑のね。あの話もうしたくないんだけど。現場行くたびに聞かれるのよ、あれ」

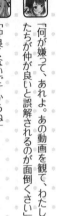

## 夕陽とやすみのコーコーセーラジオ！

「あたしも。『青春だね！』みたいなこと言われる。どこかだよ。裏営業の話やぞ」

「何が嫌って、あれよ。あの動画を観て、わたしたちが仲が良いと誤解されるのが面倒くさい」

「仲良くないですからね」

「むしろ悪いですからね。仕事だから付き合ってるだけ」

「そういえば、あの動画を撮ったうちの学校の生徒なんだけど。この前、退学してました」

「……それ、言っていいの？」

「ダメだったら編集入れてくれるんじゃん？　もう同じ学校にあんな男はいないから、安心してねーって言いたかったんだけど」

---

「やすが言わなくても、すぐ情報出回りそうだけどね。あの動画のせいで大炎上起こして、住所から本名から全部特定されてたし」

「あぁそうね。きっれーにすっぱ抜かれてたよね。自業自得っていうか、因果応報だから同情はしないけど。……、え、なに朝加ちゃん」

「ローカルすぎる上に話が暗い……？　このラジオのコンセプトは元々そういうものでは？」

「そうだそうだ。好きにやらせろー……、ってやべ。今日、加賀崎さん来てるわ。真面目にやろ。メール読みまーす。えー、ラジオネーム、おっさん顔の高校生さん。こいついつも送ってきてんな……。『夕姫、やすやす、おはようございます』」……。

**to be continued!!!!**

# あとがき

はじめまして。第26回電撃小説大賞で大賞を受賞いたしました、二月公と申します。

皆さまお察しとは思いますが、わたしは声優さんのラジオを聴くのが好きです。好きが高じてこの作品を書き、ありがたいことに大賞を頂くことができました。

普段の生活に楽しみを与えてくれる声優ラジオには感謝しかないのですが、ますます頭が上がらなくなりました。

色んなラジオを聴く中で、「もし、物凄く相性の悪い人とラジオをやることになったら、すごく大変そう」と思ったのが、この話を書くきっかけです。ですがもちろん、それはただの妄想ですし、本作は実在の声優さんや特定の番組を直接モデルにしているわけではありません。もしそう見えても、それはわたしの至らぬところであり、実在の方々とは関係がないので、そのつもりで読んで頂けるとありがたいです！

さて、この作品なのですが、なんと恐れ多いことに文化放送 超！A&G+で放送されている『Pyxis の夜空の下 de Meeting』さんとタイアップさせて頂いております。

番組内で、『夕陽とやすみのコーコーセーラジオ！』出張版をやらせてもらっているという体で、佐藤由美子（歌種やすみ）を伊藤美来さん、渡辺千佳（夕暮夕陽）を豊田萌絵さんに声を当てて頂きました。

それがもう、本当にガッツリ演じて頂いて、物凄く光栄でした。凄まじく嬉しかったです。

さらに、Pyxisのおふたりには帯のコメントやお写真を使わせて頂くなどなど、たくさんのご協力を頂きました。

豊田萌絵さん、伊藤美来さん、関係者の皆様方、本当にありがとうございます。

忘れられない思い出を頂きました。

担当さんたちに「こんなに宣伝費使って、大丈夫なんですか？」とお伺いしたところ、

「ダメだったらみんなで死にましょう！」と言われました。

デビュー前の作家に心中提案する編集者います？

そんな担当さんを始め、たくさんの方々のおかげでこの作品を作ることができました。

すごく可愛らしく、とても綺麗で素敵なイラストを描いてくださったさばみぞれさん、

厳しい〆切の中、コミカライズを担当してくださった巻本梅実（まきもとうめみ）さん、

この作品を選んでくださり、大変ありがたいお言葉をくださった電撃大賞選考委員の皆様方、

激務の中、凄まじい労力と時間を使って頂いた担当の方々、関係者の皆様方、

そして何より、この本を手に取ってくださった方々、

本当にありがとうございます。これからもどうぞ、よろしくお願いいたします。

**本書に対するご意見、ご感想をお寄せください。**

ファンレターあて先
〒102-8177　東京都千代田区富士見2-13-3
電撃文庫編集部
「二月 公先生」係
「さばみぞれ先生」係



本書は第26回電撃小説大賞で《大賞》を受賞した『声優ラジオのウラオモテ』を改題・加筆・修正したものです。

電撃文庫

声優ラジオのウラオモテ
#01 夕陽とやすみは隠しきれない？

二月 公

2020年2月7日　初版発行
2020年6月5日　3版発行

発行者　郡司 聡
発行　株式会社KADOKAWA
〒102-8177　東京都千代田区富士見 2-13-3
0570-06-4008（ナビダイヤル）
装丁者　荻窪裕司（META＋MANIERA）
印刷　株式会社暁印刷
製本　株式会社ビルディング・ブックセンター

●お問い合わせ（アスキー・メディアワークス ブランド）
https://www.kadokawa.co.jp/（「お問い合わせ」へお進みください）
※内容によっては、お答えできない場合があります。
※サポートは日本国内のみとさせていただきます。
※ Japanese text only
※定価はカバーに表示してあります。


ISBN978-4-04-913021-8　C0193　Printed in Japan

電撃文庫　https://dengekibunko.jp/

# 電撃文庫創刊に際して

文庫は、我が国にとどまらず、世界の書籍の流れのなかで〝小さな巨人〟としての地位を築いてきた。古今東西の名著を、廉価で手に入りやすい形で提供してきたからこそ、人は文庫を自分の師として、また青春の想い出として、語りついできたのである。

その源を、文化的にはドイツのレクラム文庫に求めるにせよ、規模の上でイギリスのペンギンブックスに求めるにせよ、いま文庫は知識人の層の多様化に従って、ますますその意義を大きくしていると言ってよい。

文庫出版の意味するものは、激動の現代のみならず将来にわたって、大きくなることはあっても、小さくなることはないだろう。

「電撃文庫」は、そのように多様化した対象に応え、歴史に耐えうる作品を収録するのはもちろん、新しい世紀を迎えるにあたって、既成の枠をこえる新鮮で強烈なアイ・オープナーたりたい。

その特異さ故に、この存在は、かつて文庫がはじめて出版世界に登場したときと、同じ戸惑いを読書人に与えるかもしれない。

しかし、〈Changing Times,Changing Publishing〉時代は変わって、出版も変わる。時を重ねるなかで、精神の糧として、心の一隅を占めるものとして、次なる文化の担い手の若者たちに確かな評価を得られると信じて、ここに「電撃文庫」を出版する。

**1993年6月10日**
**角川歴彦**